NOVELA CORTA

EL   REY DE LOS MISIOS

Portada AMAZON – CANVA.

Índice de contenido

 El Autor-   Alejandro Roman Henriquez.

<u>**PROLóGO**</u>

La novela trata de la vida en una barriada, describe el mundo de la pobreza, la delincuencia, corrupción, lucha, dignidad, sacrificio y religión, por no decir mas. Pero lo interesante de este libro, es que quien escribe, viene de allí, viene de adentro de este relato.

La literatura empleada no ofrece nada nuevo, esta llena de faltas y errores, pero es lo que la hace inigualable, humilde y sencilla, y con lo suficiente para poder llegar a un lector que busca una descriptiva original y diferente.

Gracias a la tecnología moderna por permitirme llegar, de no ser así, ninguna, absolutamente ninguna editorial tradicional, me hubiese aceptado publicar. Dios es grande.

Y mil gracias por dejarme llegar a ustedes.

Alejandro Román Henriquez
Escritor Peruano

Dedicatoria

Está humilde obra, va dedicada a mi querida madre Mercedes Henriquez Ramirez, mi preciosa Cheri, ya mi padre Alejandro, Canin Román A, a quienes   nunca dejo de llorar, Dios los tenga en la gloria.

A. Román Henriquez.

1 ¡Recontra borrachazo!

Se sentía de lo mejor, feliz de la vida. Encendió su autoy empezó a conducir. La había pasado bien con sus amigos, un trago, otro trago y otro más hasta perder la cuenta hasta convertirse en el clásico embriagado, que piensa que aún está sobrio.

Las calles del puerto observan el zigzagueo del auto. La avenida Argentina recibe al irresponsable conductor, que lleva el volumen de su radio al máximo, pensando que así evitará, el quedarse dormido; pero el alcohol en su sangre es demasiado, y la brisa del amanecer Chalaco, hace al hombre explotar en vómitos y por ello perder el control sobre el vehículo. Por suerte logra detenerse y por mala suerte, queda varado en uno de los lugares más peligrosos de la zona.

—Chesumare toy hata la hueva, toy hata la huevaaaa.

Y como si fuese oveja caída en la cuna de los lobos, las fieras hacen su aparición. Los primeros en llegar fueron un par de menores; delincuentes apirañados por la vida que les ofrece las calles. Empiezan a rondar el automovil y observan la situación de su presente agraviado.

—Ta borracho el huevón, ta recontra borrachazo.

Se dan cuenta de que no hay tiempo que perder, otros delincuentes pueden aparecer; además el amanecer está por encenderse. Una de las puertas del vehículo está sin el seguro puesto; de lo contrario se sentirían obligados a romper algún cristal. Al abrir la puerta, los atrevidos se miran, y nerviosamente sonríen. Sustraen una maleta llena de aún no saben que, se sienten conformes con ello y se retiran, pero con intenciones de volver.

—Encaleta esa huevada, yo voa allanar al huevon, campanea no regreses, te quedas campaneando.

En su vuelta, comienza a revisar cuidadosamente los bolsillos del perdido; consigue la billetera, el reloj, la sortija y hasta los zapatos. Presiente que algo malo está por venir; trata de abrir la guantera, no puede y decide conformarse con lo obtenido. En su huida se une a su compañero, y apuran el paso al notar que la luz del día, ya casi está por llegar.

Para cuando el agraviado hombre despierte de su larga embriagada noche, entenderá su falta y sentirá escalofríos, y un doloroso malestar por lo ocurrido.

2 <u>¡Ahora eres libre, puta e tu madre!</u>

Al abrirse las puertas del infernal encierro, dejas de ser humano, humano para convertirte en bestia, en una especie de animal incomprendido. El hombre no esta hecho para ser aislado, ello lo transforma, lo debilita mentalmente, lo descerebra. Las mismas rejas parecen reírse de quienes están detrás de ellas, rejas que dibujaran tus pesadillas por el resto de tu vida, y pisaran tu sombra estando libre, estas se verán, sobre tu sombra. La cárcel estará en tu sangre, en tu aire, en tus pulmones, que empezaran a destrozarse por las bacterias del odio, del llanto de los inocentes sepultados por la injusticia, y la risa de los culpables, por su ignorancia, y la cobardía de no luchar la doble batalla. No haber cometido un delito y verse obligado a pagar por lo que no haz hecho, rompe a cualquier persona . Al principio lo siente como una pesadilla, estando despierto, y esperas que pronto acabe, pero después al ver que no tiene fin, sólo sientes tus lagrimas corriendo hacia adentro, tu risa hacia adentro, dejas de ser quien eres. La desconfianza ocupa tu nombre, rige tus días, los diseña, te prepara para pelear, y te grita, si tienes que matar debes matar, es la cárcel, es el mismo infierno.

La burla del mismo mal, se arrincona para observar como el hombre se hace animal, como escupe al cielo, y apuñala a la cruz, —¡Dios no existe! —Dice el que manda entre los lobos. — ¡Si existe!— Le responde el caído — Existe y envió a su hijo, que fue injustamente encarcelado y latigado, asesinado en la cruz, Dios existe, Jesucristo el salvador, murió por nosotros! —¡Cállate maldito religioso! Cállate!— Es la lucha del bien y el mal, de incomprendidos, de arrepentidos, de maldecidos.

— Dios mio soy inocente! ¡Soy inocente!..

—¡Callate mierda! Loco e mierda...

Fueron doce años de largo encierro. Fue un precio injusto, pagar una condena tan sólo por el capricho y el abuso de un ser poderoso. La supuesta víctima había fallecido por una sobredosis de cocaína. Aquella mujer de situación económica pudiente, había consumido demasiada droga, eso causó que su respiración la abandonara. Su acompañante fue condenado a prisión, por la muerte de quien lo había alquilado para darle placer.

—Ella dijo que su marido la maltrataba, la humillaba, y que quería morirse. Ella misma buscó su muerte.

Sus mejores años de la vida, los de su juventud, habrían de quedar perdidos detrás de las rejas. No pudo demostrar su inocencia.

Ahora por fin llegaba el momento de su libertad.

La cárcel lo había cambiado, tenía sed de venganza, no le importaba volver a terminar encerrado. Pero primero quería ser libre, para hacer todo el daño posible a quien se le cruzara en su camino. En sus días de celdas, lo habían intentado asesinar en varias oportunidades, su cabeza aún tenia precio, pero ni siquiera el más maldito de los reos, se atrevía a desafiarlo, y quien lo hizo, dejó de existir.

Para las autoridades del centro penitenciario, la salida de aquel reo, era un gran alivio, por fin descansarían del más inhumano de todos los prisioneros. Pero fue la injusticia la que lo hizo así. Ahora sería el defectuoso y corrupto sistema, quien arroje un monstruo hacia las calles del frente-Islado puerto.

Las puertas de la cárcel Chalaca, ofrecieron la salida a aquel resentido hombre, que antes de ser liberado, recibió todas las maldiciones por parte de los reclusos.

—¡Ojalá te maten, ¡Negro concha e tu madre, maldito!

Luego por parte de los empleados penitenciarios, que no lo querían en la cárcel, y menos aún, en libertad, sino, en el mismo infierno; por ello le entregaron una vengativa despedida. Le taparon el rostro con una capucha, y luego lo molieron a golpes; cuando creyeron que estaba muerto, lo subieron en la parte trasera de un vehículo.

—¡Ahora eres libre puta e tu madre!¡Llévense esta basura!

La tarde debía terminar, pero la noche se negaba a dar comienzo, quizás sería el mismo puerto que quería ver lo que habría de suceder.

Aquel vehículo sin placas, llegó lo más cerca a las orillas de la mar brava; lugar frecuentado sólo por drogadictos y mal vivientes, pero a la vez solitario, por ser el basurero del crimen. Allí arrojaron el cuerpo del hombre recién liberado por la justicia, y cuando sienten haber cumplido con la sociedad, se retiran.

3 <u>"Embrujo y Bendición"</u>

La envidia, la avaricia, el odio, estaban en un pequeño frasco. La anciana era la maldad en vida. Vestida de luto por la perdida del ser, al que más había amado, y al que le quitó la vida, asesinándolo. Arrodillada, orando hacia el suelo, queriendo que sus ruegos lleguen al mismo infierno.

—¡Esa criatura no debe nacer, maldita sea esa perra!

La enloquecida anciana odiaba a la mujer de su difunto hijo, y culpaba a esta por su encierro en la cárcel, en donde fue asesinado por otros delincuentes.

Salió el monstruo vestido de anciana. Iba el mismo satanás en el cuerpo de esa mujer, daba sus pasos disfrazados para que nadies la viese. Sabía como abrir la puerta de la casa, en donde iba a cometer su crimen. La oscuridad se hizo más oscura.

Allí dormía incómodamente una joven mujer, estaba embarazada, ya casi a punto de alumbrar, esta tenía pensado, que al día siguiente iría a internarse al hospital, su estado de gestación estaba demasiado avanzado. Ese era su plan, por ahora descansaba, pensando en lo injusta que había sido la vida con ella.

La puerta se abrió, la habitación se alumbró de rojo, un rojo muerte, y un olor a azufre invadió el ambiente. La mujer seguía dormida, la anciana se fue acercando, se abalanzó sobre esta y vació sobre la boca de su victima, un liquido endemoniado, la obligó a beberlo, puso todas sus fuerzas sobre la indispuesta mujer, era tan potente el brebaje que la adormeció en seguida. Doña Maruja sonreía al ver que ya tenía dominada a su victima, y continuó su plan dándole un segundo veneno, para que la criatura en el vientre muriese, se deformara y no llegase a nacer con vida. La anciana estaba satisfecha con su maldad, limpió y ordenó todo, borró hasta la última huella y en el silencio de la oscura noche, escapó del lugar, dejando allí a una moribunda mujer, quien tenia dentro de su cuerpo, una inocente criatura sin nacer, y que luchaba por vivir.

Desde el cielo comenzó a decender una minúscula luz, invisible para el sentido humano, y llegó a la habitación en donde estaba aquel cuerpo agonizando. El lugar se iluminó, la luz rodeó a la mujer, la elevó y la cubrió de bendición.

En ese instante, de un rincón del cuarto, volvió la oscuridad enrojecida, y de esta largas armas, trinches queriendo atravesar a la mujer, que suspendida en el aire, casi sin respirar, era cubierta por la luz de un escudo, una luz muy potente, muy blanca, de donde surgían largas espadas, que partían los trinches endemoniados, era el enfrentamiento del bien contra el mal. Fue casi una hora de lucha, una hora de minutos interminables. Cuando todo terminó, la mujer estaba sobre su cama, había fallecido; entre las piernas de ella, tenía una criatura, apenas estaba respirando, totalmente deformada, horriblemente dañada; era mejor que Dios la recogiera, sin embargo la potente luz se hizo miníscula y se introdujo en el recién nacido, lo limpio de todo mal, y le devolvió la vida.

Cuando los vecinos del lugar, escucharon el fuerte llanto de un bebé, que no dejaba de llorar, ingresaron a la casa, para encontrarse con esa realidad, inmediatamente llamaron a la policia, y socorrieron a la criatura.

—DIOS! La mujer está muerta, pero hay una bebé, está viva, respira!

Al paso de algunos años, después de haber estado en un albergue, la menor fue reclamada por un familiar, Doña Maria, una anciana mujer, religiosa, creyente cristiana, se encargaría de criarla. Y la bautizaría con el nombre de Yasevira, decía que era el nombre que en su sueño, Dios ordenó para la niña.

4   <u>¡Yasevira!</u>

La mañana de la barriada ya estaba despierta, pero al escuchar los gritos de aquel niño parecía re-despertarse, por tanto alboroto.

—¡Yasevira abre la puerta, abre la puerta!

—¿Que quieres, estás loco? No grites, no grites.
—¡Yasevira abre, abre la puerta!
—No puedo, mi abuela no está, no puedo abrir, Manolito
—Yasevira tengo un vestido bien bonito para ti, abre!
    Es bien bonito, miralo.
—De aquí lo veo, por la rendija lo veo, si, es bien bonito.
—¡Pero abre la puerta para regalártelo.
—No, mejor me lo das cuando regrese mi abuela.
— Ella no va a querer, va a decir que es robado
—¿Y es robado?
—No y si, Yasevira tú no tienes ropa.
—Si tengo ropa, poquita pero tengo, mejor ya vete.
—No, no me voy hasta que me recibas el vestido .
— Esta bien, voy a abrir.
— Mira, mira que bonito es, es como tú, que eres bonita.
—¡Yaaa dámelo, gracias, voy a cerrar!.
—No, no, noooo, eres mala conmigo, porque cerraste,
    te estas riendo no, eres mala conmigo.

—Yaa Manolito vete, por tu culpa mi abuela me va a
    me va a castigar, sé un niño bueno...
—¡Noo, no me digas niño, yo ya casi soy un hombre,
    siempre me dices lo mismo!
—Yo todavía soy una niña, Manolito por favor vete, me
    van a castigar.
— Ta bien Yasevira, ta bien, te busco más tarde pe.
—Si, pero cuando haya llegado mi abuela,
    ¡Yaaa vete, vete!

5   <u>"El Mata Ratas</u>

En el barrio era visto como un demente necesario, y hasta existían personas que buscaban su servicio, era todo un experto; una especie de exterminador. Sabía como atraer a sus victimas, tenía paciencia y cuando atacaba, casi nunca fallaba. Él gozaba con su trabajo, y sentía ser querido por todo el lugar..

—Buenos días señor Mataratas.
—Buenos días jovencito.

Algunos al principio se burlaban de este, pero con el tiempo y al conocer su historia, sentían pena por él, y por lo mismo le tomaron cierto respeto.

—Dicen que las ratas mataron a su nieto, por eso el viejo
se volvió loco, se recontracocacoleo!

Los errores son tantos, pero éste hombre con su problema mental es parte de la solución. Nunca discute con nadie, puede ver a las personas en su falta, arrojando la basura en la calle, y a él sólo se le escucha vivir en su mundo.

—Las estoy buscando, por aquí están, malditas ratas, ya
van a caer, ayer maté a tres ¡Malditas ratas!

Aquel basural pareciese ser su lugar de trabajo, siempre se le puede hallar allí. Su apariencia es la de un hombre abandonado; barbudo y mal oliente; se alimenta de lo que las personas le brindan, panes duros y sobras de comida, y siempre carga con una lanza de muy afilada punta de acero, es infalible con ella.

—La cacé, le dí, maldita rata, sabía que caerías, ja, ja, ja, es la primera del día, ¡Maldita rata! ¡Maldita!

Para los habitantes de la barriada éste hombre es una persona inofensiva, no tiene fama de haberse puesto agresivo con nadie, y gracias a su función, el lugar siempre está desinfectado de aquellos peligrosos roedores.

—¡Malditas ratas! Malditas, las voy a matar a todas ¡Malditas!

6   <u>¿Porqué tanta maldad?</u>

Porqué tanta maldad en un ser? Fue golpeada tantas veces, maltratada, pisoteada, escupida. Él se reía de tenerla tirada en un rincón, disfrutaba verla con el rostro reventado, luego la   arrastraba para abusarla sexualmente, y nuevamente golpearla por el puro gusto.

Ya cansada de tantos años de vivir muriendo, esa noche pudo liberarse de la cadena que la ataba, como si fuese una esclava. Ella se reía de si misma, disfrutaba pensando como iba a acabar con quien le había destruido sus días; sabía que sólo tendría una oportunidad, si fallaba, sería su muerte. Por eso sin darse cuenta empezó a invocar al demonio, y le dijo que dedicaría su vida a este, si la ayudaba a asesinar a quien la estaba destruyendo.

Volvió a colocarse la cadena, para hacer creer al abusador de que todo estaba como siempre, hasta borró su sonrisa vengativa, buscó su rostro más calmado, y su voz más obediente. Sabía que en cualquier momento él llegaría, pero ella no se sentía sola, estaba acompañada del mismo infierno.

Sintió abrirse la puerta, y los pasos llegando a su habitación, al entrar, el hombre la miró, y empezó a reírse, este le arrojó una bolsa de restos de comida, como si fuese a un animal, la siguió contemplando, la maldijo y se acercó para desencadenarla, al agacharse, ella le clavó un largo cuchillo, le atravesó el corazón, el hombre quedó casi muerto al instante, sus últimas palabras, sólo fueron el nombre de ella.— Maruja, Maruja!— Luego dejó de respirar.

Al llegar el amanecer, la gente de la barriada hallaría el cadáver del hombre, cerca del lugar donde vivía. La policía encontraría a la mujer dentro de su casa, encadenada y con las huellas de años de maltrato. No existiría culpable, todo quedaría archivado, por fin ella era libre, pero ya no era una mujer normal, estaba enloquecida y transformada, entregada a la maldad.

7   **<u>"Mar de Mierda"</u>**

Aquel amanecer, las olas del mar parecían querer tragarse la tierra, llegaban con gran furia a la orilla, y arrastraban con todo, absorbían hasta las piedras; por ello el ruido que causaban, era de truenos, como de relámpagos, ruidos infernales.

A pesar de todo, por esas perdidas orillas da su caminar una desquiciada mujer; es una anciana, un ser que sólo vive para la maldad. Busca en el lugar restos humanos, los quiere para sus brujerías, allí siempre los encuentra, y sabe que pertenecen, a gente que fue asesinada por la mafia del crimen, que son restos de personas con espíritu buscando venganza, igual que ella, que vive para odiar y desear el mal.

— Que mierda le pasa al mar? Está furioso conmigo?
¡Mar de mierda, no te tengo miedo!¡Ven, ven, ven!`

La mujer en su desafiar a la bravura del mar, insistía en deambular la zona. De pronto se encuentra con un cuerpo humano, tirado en el suelo, está delirando, tiene todo el rostro brutalmente reventado de tantos golpes; está un poco mojado, como que el agua del mar, ya casi había llegado hasta él. La anciana se alegra, ahora entiende porque sintió la necesidad de ir a aquel lugar.

En ese instante, el cielo se cubrió de una inmensa nube oscura, muy oscura, y el mar tomó más fuerzas, para lanzar sobre la costa toda su fiereza. La enorme ola reventó sobre esa orilla, y explotó hasta llegar a las casas cercanas del lugar. La mujer quedó abrazada al tendido, el agua los había cubierto totalmente, y en su retirada empezó a arrastrarlos hacia adentro, aspirándolos, pero por suerte para ellos, en el camino, una inmensa roca, salida del no se sabe, impidió que el mar los absorbiera, y quedaron atorados y protegidos por esta. La mujer no podía hablar, sólo se dedicó a llevar hacia más afuera, al cuerpo hallado, así estuvo por mucho rato, hasta lograr rescatarlo, saliendo del peligro del mar, saliendo del poder que quería impedir esa unión.

Cuando la mujer se sintió mejor, empezó a reír, a reír enloquecida, miraba hacia el mar y lo desafiaba, lo maldecía; mientras acariciaba el rostro de su salvado, que aún estando en el suelo, parecía empezar a recuperarse, como volviendo a la vida.

El cielo empezó a despejarse. La mar brava que nunca está en calma, parecía haber quedado dormida, como si estuviese aceptando, haber sido vencida

8 <u>"La Pelota"</u>

     La infancia en el barrio es de correteos, del juego a las escondidas, del brincar la soga, del palito chino, del trompo y la guaraca, del llanquenpo, lingo, del chancalalata, del matagente, de tirar con la honda, de molestar a las niñas que juegan al yas, y sus muñecas. Pero para los niños, el rey de los juegos, es el fútbol. Jugar fútbol es demostrarle a los muchachos del barrio del frente, quien manda, quien es mas guapo, quien es mejor. Para los niños de la barriada el fútbol es vida, es alegría pura, puedes ser el que menos tiene, pero si juegas bien, si eres el mejor, lo tienes todo.

— Oe huevon vas a jugar o no, si no quedate pe.

— La pelota es miá, y no la quiero prestar!
—¡Cuatro ojos huevonasasazo, metete la pelota por el!
   Ya no juegas pal equipo, por baboso pe.
—¡Que chucha, ademas nunca me dejan jugar!
—Vamos compare, no hay que rogarle a este babosonazo.

     Para los muchachos de la barriada, el fútbol es todo, y es lo que los ayuda a mantenerse fuera de todos los vicios. Es tanto lo que se juega este deporte, que la pelota, siempre está escasa.
—¿Ahora que hacemos huevón?
—¿Oe Goyito, tú no te habías ganao un billete huevón.
— Si, pero ya no tengo pe.Claro pe, lo cagaste al Manolito,
   lo cerraste con todo, lo sacas a chorear, y lo cerraste.
—Yo le dí huevón, además que chucha te metes?
—Le diste un vestido huevón,¿Qué, le viste cara de maricón?

— No huevón, él quería el vestido pa regalárselo a la
Yasevira, un vestido caro huevón, nuevecito huevón.
—¿Porqué chucha no compraste una pelota, tú mismo
prometiste comprar una,
—¡Yaaaa compare, suéltame pe, tas con cólera, jode a
otro huevón pe. Allá ta la gente, mira Goyo, ¡Tienen
una pelota, tienen una bola, ¡Tienen una bola!
—¡Concha su mare, de donde la sacaron, ahora si que
vamos a jugar!
— ¡Pásala, pásala Zurdo, pásala huevón!¡Mira, mira,
como la domino.
—¡Ya sueltala huevon, vamos a camotear!
—¿Cuto de quién chucha es está pelota?
— El profesor Chichi la regaló pal equipo, dijo que la
cuidemos y que quiere ser el entrenador de nosotros,
que después nos va a comprar camisetas.
— Puta mare, concha su mare, el profe es bacan; de ahora
en adelante todos tenemos que cuidar al profe, y hacerlo
respetar, ¿Escucharon huevones?.

La alegría había vuelto al barrio, y la tarde vería el
correr de los muchachos que entre polvo y sudor, entregaban
sus energías al juego. Decían ser los invencibles del Callao, y
soñaban con llegar a ser grandes futbolistas profesionales, y
hasta algún día vestir la camiseta del equipo nacional. En fin
aquellas ambiciones los mantenía fuera del mundo de la
perdición; eran unos niños, que querían demostrarle a su gente
que podían llegar a ser grandes, que a pesar de la pobreza en
que vivían, alcanzarían sus metas; sabían que todos tenían que
luchar juntos, y que así, siquiera uno de ellos lograría triunfar,
y ese sería el triunfo de todos, el sueño logrado de todos. El
profesor Chichi sintió que había que enseñarles a los niños,
que tenían que hacerse respetar, que no estaban obligados a
ser delincuentes y ellos querían escucharlo, habían encontrado
en en este, el ejemplo a seguir.

9   <u>¡Pa esos chupas!</u>

—¡Carajo Papá, pa eso chupas? Ya, tú crees que no
da vergüenza recogerte por tar tirado en la calle.
— Ya, ya mi hijita, déjame aquí, déjame aquí.
Claro que te voa dejar aquí, pesas carajo, le voa
decir al Joroba que venga a recogerte
—¡Oye dame mi plata, me sacaste la plata!
— ¡Si, claro, que quieres, que te roben?¡Es la plata
de la comida pa' que tú mismo comas cuando
te pase la borrachera, ya regreso, voa buscar
al Joroba.

La barriada estaba llena de cantinas, de todo tipo, de la
más baja, hasta la mucho más baja. Don Pepe es un hombre
muy reconocido en el barrio, es un buen pintor, pero
demasiado irresponsable, debido a su vicio por el licor.
Cuando falleció su esposa, él se entregó a la perdición, y así ha
criado a sus hijos, que han crecido sufriendo la pena de tener a
un padre alcoholizado.

—Pa, ya levántate, déjame ayudarte.
—Ya Pepito, hijito llévame a la casa.
—Ya, pero camina, pesas mucho pe.

El hombre en su sano juicio, es una persona diferente, casi no habla, siempre se ve triste, a veces se encierra en su cuarto a contemplar las fotografiás de su difunta esposa, habla con ella, y como si fuese una criatura, en silencio llora. Sus hijos lo saben, por ello no lo reprochan en nada, tienen temor de que vaya a cometer alguna locura, sólo se dedican a cuidarlo.

—Pa, ves ya tamos en la casa, descansa.
—¿Dónde está la Angelita, dónde está mi hijita, dónde está?
—Pa, ta en el colegio, ta estudiando.
—Si es tarde, ya es de noche, dónde está?
—Pa, ella estudia en una academia, va a postular, quiere ser enfermera, ya habló contigo.
— Si, si, mi hijita, y donde está la Puti, se llevó la plata, porqué hace eso
— Pa, ella está en la cocina, ta preparándote comida para ti, tienes que comer.
—Ya, ya mi hijito, voa dormir, voa dormir.
—Si viejo, te quiero mucho, duérmete viejito.

10   <u>¡Dónde estoy, dónde estoy!</u>

Los golpes que recibió, fueron como para matarlo dos veces, pero seguía vivo, la mar brava soltó sus garras para arrastrarlo, y no pudo, no debía existir, pero sobrevivió, era en verdad hierba mala. Las manos de la maldad, poco a poco lo devolvieron al mundo, sin saber lo que sucedería con este ser, que inocente o culpable, sólo había sido devuelto a la vida, para venir a ser la venganza, que vuelve a respirar.

La mujer estuvo al cuidado de aquel hombre, al que había salvado de la muerte, al que vio como su enviado por el mal, y para hacer el mal. No le temía, lo veía como parte de ella, como premio del demonio, premio para destruir a sus enemigos.

Después de dos días de fiebre y escalofríos, de dolor y lamentos, recién volvía a estar consciente.

—¿Dónde estoy, dónde estoy?

— Cálmate, tranquilo carajo, cálmate.

—¿Quien es usted señora, dónde estoy?

— Toma agua, toma agua, si, si, ahora come, come hijito, estás muy débil tienes que comer, come, come.

— Déjeme irme, señora por favór déjeme irme

—Tú estás muy débil todavía, cálmate, tranquilo hijo.

Ella no era una mujer normal, tenía serios problemas mentales, quería tener poderes sobrenaturales, y utilizar sus fuerzas para vengarse de todo aquel, que le hubiese hecho daño, su obsesión por la brujería e invocación al demonio, la hacían creer que era poderosa, que aquel hombre al que había rescatado, seria su fuerte para sus propósitos, que junto a su enviado del mismo infierno, empezaría su reino de maldiciones y muerte.

—Señora, quiero irme, déjeme irme.
—No, no, tú te quedas aquí, aquí vas a
    estar a salvo, yo te voy a cuidar.
—Señora gracias, gracias por lo que está haciendo por mi,
    gracias. le debo la vida, le debo la vida!
— No llores hijito, no llores, se ve que has sufrido mucho,
    te han hecho mucho mal. ¡Ya pagarán, todos los que te
    han hecho sufrir, pagarán, muy pronto todos pagarán!
— Quiero irme, tengo que irme lo más lejos posible,
    vendrán a buscarme, ellos quieren matarme, tengo
    que irme lejos, muy lejos.
—Tranquilo hijito, aquí nadie te hará daño, nadies .

La barriada sabia que se estaba formando la mas oscura nube, para posarse por un buen tiempo sobre sus pobladores. Se había juntado la maldad y el vicio. La gente del lugar no se explicaba porque los perros estuvieron aullando toda la noche, y el suelo amaneció cubierto de tierra muerta, como anunciando que la desgracia estaba por llegar, que una injusta maldición había caído en el lugar.

11   ¡Bien *muchachos, bien carajo!*

—Bien muchachos, para empezar lo primero que les pido
respeto, si no es mucho pedir, responsabilidad, eso
es todo, no pido más.

El hombre ya tenia tiempo observando a este grupo
de menores, y comprendió su misión, había que hacer mucho
por ayudarlos. La barriada estaba plagada de perdiciones; y
ellos no tenían que ser la continuación de lo negativo. El
profesor Chichi, venía a ser una especie de salvavidas, él había
sido un buen jugador profesional de fútbol, y creía que
algunos de estos niños, también podrían lograr llegar a serlo.
—¿Profe y el Tumán fue campeón?.
— Claro que si, fue campeón de su región, del norte del Perú,
Tumán es un humilde pueblo, cerca de Chiclayo, y con esa
humildad llegó a tener uno de los equipos, que se gano un
puesto en la profesional del fútbol Peruano, y a mi me
dieron la oportunidad de ser parte de ellos. Bueno después
les cuento más, ahora vamos a comenzar a entrenar.

Los niños estaban felices, por fin alguien se fijaba y se
preocupaba por ellos, alguien se dedicaba a darles su tiempo,
reían y obedecían al hombre, tenían hasta miedo perderlo él
notó eso, y por ello les decía que nunca les fallaría, mientras
ellos no lo defraudaran.

—¡Sigan, sigan, sigan, tres vueltas más, sigan corriendo
     muchachos, como si hubiesen comido.
— Profe como si hubiésemos choreao una cartera, ja.
—¡No, no, nooo!¡Cinco vueltas más, cinco más, corran!
— Profe ya tamos cansaos.
—¡Sigan, sigan, el que pare ta fuera del equipo,
     suspendido diez fechas!
—¿Cual fechas?
— ¡Las que van a venir, sigan muchachos,
     sigan, falta poco, ¡Vamos, vamos!

La gente de la barriada al ver a los pequeños jugando, sentía mucha alegría, ellos estaban rompiendo con la sentencia de futuros delincuentes. Algunas personas hasta preguntaban por el nombre del equipo, y ofrecían su aliento a los niños.

—¡Bien muchachos, bien carajo! ¡Bien Chibolos!

El Puerto Chalaco, sabía que los tiempos que le venían a la barriada, eran los días más difíciles, días de abuso y delincuencia, de extrema violencia, días de muerte y terror; pero a la vez de bravura, de lucha, de honor, de valentía y justicia. Y aquel grupo de niños, serían los más cercanos protagonistas de lo que estaba por llegar

12 <u>"La noche de la barriada"</u>

—¡Oe concha e tu mare, vas a pagar o no! Después dicen que uno es malo. No te dejo más merca ¡Concha e tu mare! ¡Y vas a pagar o te mueres!

—¡Ya causa, deja a ese huevón, no perdamos tiempo con esta basura!

La noche de la barriada, observa el ambiente que ofrece cierta esquina del lugar, en donde un par de traficantes de pasta básica de cocaína, hacen sus ventas. Para estos tipos no existe nadie que pueda prohibirlos, tienen el dominio de las calles, venden y distribuyen a otros traficantes toda la droga posible, y esto lo logran gracias a que es la misma policía, la verdadera dueña del negocio

—El soplón del Capitán, quiere el billete para esta noche, el concha e su mare dice que nos estamos demorando mucho, que tiene dos kilos más de merca.

—¡Puta mare chato, dónde vamos a meter tanta merca? Todas las esquinas ya están vendiendo, ¡Puta mare tamos cagaos con los tombos!

— ¡Ya concha tu mare, el problema es que estamos dejando demasiada merca y no nos estan pagando la guita, la merca no se fiá, no podemos andar con los soplones de mierda pa' cobrar, necesitamos un huevón que nos haga respetar más, un concha e su mare pa' masacrar al que no cumpla.

Los traficantes son dos hombres de muy baja estatura, en el barrio los conocen como los Chatarros, y temidos porque siempre andan armados y han dado muerte a más de uno; han estado en la prisión en varias oportunidades, es decir son un par de avezados criminales.

13   <u>¡Por eso vivo en la calle!</u>

Apenas comenzaba el día, su madre lo despertaba, le daba un poco de té sin azúcar para que bebiera y después le abría la puerta y lo mandaba a la calle.

—Dios te cuide, ve hijito, aquí no hay nada pa comer, vienes en la noche a dormir, si consigo comida te guardo.

Él sólo quedaba mirando a su madre, y no protestaba, por su mente pasaba el rostro de sus tres hermanas menores pidiendo que comer, por eso se conformaba con el beso y la caricia de mamá, y empezaba a dar sus pasos, caminando hacia el mercado, donde podría buscársela, apenas tenia 8 años de edad, pero él ya se sentía un hombre. Así siguió creciendo, con el tiempo ya ni llegaba a su hogar, sólo cuando conseguía algo de dinero, volvía a su casa, llevando lo que podía para su familia.

Aquel niño deambula todo el día por la barriada, ya está acostumbrado a esa rutina, en todas las esquinas lo conocían, pero lo veían de la misma forma como la que se ve a un perro sin dueño.

—¿Oe Manolito has visto al Piringo ?¿Ven, quieres fumar
    marihuana?
—¡No, no yo no fumo, no me gusta.
—¡Ven baboso, te va a gustar huevonazo!
—¡No quiero, yo no quiero fumar pe!

Las drogas en las calles toman sus víctimas de los más
indefensos, pero a pesar de que este niño es una criatura
abandonada a su suerte, tiene el coraje y la voluntad, para no
ser un esclavo más del vicio.

—¡Yasevira, Yasevira, Yasevira!
— Oye porqué llamas a mi nieta, que quieres?
— Buenas Sra. María, puedo hablar con Yasevira, es del cole.
— ¡Mentiroso, si tú no vas al colegio, eres un vago, no
    estudias, no haces nada.
—Señora voy a regresar al colegio, el profesor Chichi me
    va ayudar, si, de verdad. Hola Yasevira cómo estás?.
— Hola Manolito, que quieres?
— Sólo quería verte y hablar contigo un ratito.
— Abuela puedo hablar con Manolito?
— Esta bien, sólo diez minutos, ¡No más!
— Gracias Sra. María, gracias; oye, oye Yasevira, vamos a
    tener camisetas de fútbol, el profesor Chichi nos las va
    a regalar, ya nos dio una pelota y me va a matricularme
    en el colegio, me va a comprar ropa nueva y útiles de
    colegio, y que si mi Papá me sigue pegando, me voy a ir
    a vivir a la casa de el profesor.
— No llores Manolito, no tienes que llorar, tienes que
    alegrarte, agradecer a Dios porque esta siendo
    bueno contigo.

—Si, si muy bueno, por eso vivo el la calle, por eso
    mi papá es drogadicto, y mi mamá está enferma
    y se va a morir, y nunca hay comida en mi
    casa y mis hermanas chiquitas pasan hambre;
    Dios es bueno, muy bueno
  —Ya Manolito, me tengo que ir, si no mi
    abuela se va a molestar, chau, chau.
  —¡Yasevira!¡Yasevira!
  —¿Que, dime?
  —Sabes que eres muy linda, y si lloro es
    porque estoy contento.
  —¡Yaaaaa! no empieces, chau, chau.

La barriada parece querer abrazar a ese niño, darle consuelo
y amor, pero la realidad es distinta, esas calles sólo le entregan
lo contrario, violencia, peligro de un día amanecer asesinado
por las balas de la injusticia.

14   ¡Bruja rechucha e tu mare!

Ella vive enterrada, disfruta de la oscuridad, del olor a azufre, del fuego, de su soledad. Dentro de su cerebro corren víboras, envenenándose entre ellas, a veces salen por sus ojos y se devuelven por su boca, Como si aquel cuerpo fuese el nido de la venganza, del odio por necesidad de odiar sólo así puede respirar el gozo de destruir la vida de otro ser, no quiere a nadie, adora su mundo, no le teme a la muerte, porque siente que nació muerta.

—¡Tía Maruja, abra la puerta ! ¡ Tía Maruja!
—¿Quién es? ¿Que quiere? ¡Fuera de aquí! ¡Váyase
   a joder a otra parte carajo! ¡Váyanse mierdas!
—¡Tía somos nosotros!¡Abre vieja!
—¡Queeee, lárgate maldito, ¡Lárgate!
—¡Abre la puerta vieja concha e tu mare o te la tumbo.
—¡Ya, ya, ya, no la rompas, ya voy a abrir!¡Mierdas,

La mujer se vio obligada a obedecer a los maleantes, ya los había tratado, sabía de lo que eran capaces, además estos le conocían algunos de sus crímenes y con ello la tenían amenazada; porque ella era parte del juego sucio que existía.

—¿Qué quieren? ¿Qué quieren?
—¡Vieja escucha, escucha pe, necesito
    que me prepare un veneno.
—¡Callate! Callate, habla bajo carajo,
    pasen mierdas, habla bajito.
—Escucha viejita, necesito que me prepares un veneno, no
    quiero veneno de ratas, quiero uno de los tuyos, de esos
    que haces, de los que no dejan rastros.
—¿Para qué?
— ¡Que chucha te importa! Es pa' matar a un huevón que no
    me quiere respetar, no me quiere pagar y los tombos
    no me dejan disparar, necesito el veneno.
—No, no, yo ya no quiero problemas, yo ya no hago eso.

Cuando la mujer dio esa respuesta, fue cuando recibió un golpe en el rostro, que la derribó y cayó al suelo, donde empezó a seguir siendo víctima del maltrato.

—¡Vieja concha e tu mare, dí que lo vas hacer!
    ¡Dilo vieja concha e tu mare!

En ese instante, la habitación quedó casi a oscuras y de la misma maldad que había, surgió una enfurecida figura, para defender a la anciana, dandoles a los cobardes criminales, una tremenda paliza. Aquel hombre al que la mujer había estado cuidando, ahora le devolvía el favor.

Estaba hecho una bestia, fueron tantos golpes lo que les ofrecio a los mal vivientes, que quedaron fuera de sí, luego abrió la puerta y lo arrojó a la calle. Al día siguiente, al amanecer ya todo el barrio sabía de lo ocurrido, y decían que en la casa de la anciana habitaba el demonio.

—Todo se puso muy oscuro y salió de la nada, ¡Era el diablo y nos golpeó fuerte, no podíamos verlo, hasta que me prive, cuando me desperté, taba tira en la calle. Capitán créame, ¡En la casa de la tía Maruja, vive el diablo!

—Ja, ja, ja, les sacaron la mierda a los chatos.¡Puta madre los abollaron bien! Mas tarde, en la noche, vamos a darle un visita a la doña.

—!No, no, no, yo no quiero ir, yo no voy!

— Ja, ja, puta chato que maricón que eres, oye huevón, si no vas, los meto preso a los dos por cobardes, ¡Concha e su madre, a los dos los encierro!

—Ta bien, ta bien, pero yo me quedo afuera.

15   <u>¡Hola Puti!</u>

Ella era una mujer joven, hermosa, de una figura voluptuosa, senos grandes y caderas hipnotizantes, y un trasero tal vez demasiado provocativo, sobre todo al dar su caminar. Aunque su nombre era el de Cleopatra, todos en el barrio la conocían como la Puti. Había dejado de trabajar debido al acoso sexual del cual siempre era victima, ya estaba cansada de aquello y prefería ser una simple mujer de su casa.

Son pocos los muchachos del lugar, que no sepan quien es ella, no por su cuerpo deseado por todos, si no, por su rico vocabulario para las palabras soeces y los insultos más vulgares.

— ¡Oye rechucha de tu madre, mal parido, hijo e puta, que mierda te pasa, yo soy la Puti, pero no puteo, vete a ofrecerle plata al culo de tu madre.

Para los muchachos de la collera, la Puti significaba los sueños de inspiración en sus inicios sexuales. Ellos se habían acostumbrado a treparse a un techo vecino, y esconderse en espera de que esta aparezca en su patio, donde tenía la infaltable rutina de bañarse casi desnuda, le encantaba bailar y sobarse todo el cuerpo, enjabonarse hasta lo ultimo; pero la forma en que lo hacia, como si supiera que la estaban observando.

Cuando ya terminaba en su sensual aseo, daba una mirada hacia el lugar en donde estaban los muchachos, ellos trataban de esconderse, a pesar de que eran atrevidos, le tenían mucho temor. Ya cuando se apagaba la luz del patio, recién se retiraban del lugar.

—¡Que rico, que rico, viste cuando se le cayó el jabón,
   lo hizo a propósito, que rica es la Puti!
—¡Cállate! Cállate allá viene.
— Chucha creo que nos ha visto.

Ella llegaba hasta los muchachos, y los miraba uno a uno, parecía disfrutar de verlos nerviosos, luego sacaba un par de baldes, y los mandaba a traer agua del caño que estaba a tres calles, estos se mostraban felices de obedecerla. Después de que los hacia llenar dos grandes depósitos del liquido, se despedía dándoles un beso en la mejilla a cada uno.

— Los espero mañana, no me fallen.
—¡No, no Putita! Como te vamos a fallar.
—¿Que dijiste? ¡Repite lo que dijiste!
— Perdon, si Puti, Puti linda, mañana todos estamos aquí.
— Chau, chicos pericos, sapos, pajeros, ja, ja, gracias.

16   ¿Quieren conocer al diablo?

La media noche de la barriada, sería testigo del inicio del más asqueroso pacto. Aquel grupo de policías daban su ronda por el lugar, caminaban llevando sus armas listas para disparar a todo aquello que significara peligro, junto a estos iban los Chatarros, quienes a pesar de ser criminales, tenían la protección de los supuestos hombres de ley.

— Capitán a esta hora la vieja ya está durmiendo.
—¡No me hables mierda, sigue caminando.
— Pero capi.
—¡Que te calles enano concha e tu madre!

Cuando llegaron a la casa de la mujer, parecía que ya esta esperaba la visita, y tenía la puerta abierta, como dándoles la bienvenida. Ellos al aprovechar eso, dieron su ingreso al lugar.

—¡Policía, nadie se mueva carajo, al que se mueva
   lo quemamos!
—¡Capitan, aquí no hay nadies! ¡No hay luz, aquí no hay luz...

Sintieron un poco de temor, por ello decidieron retirarse de aquella penosa casa, y cuando estaban a punto de irse, surgió de lo más oscuro, la figura y la voz de aquella misteriosa mujer.

—¿Que quieren?
—¡Mierda !¡Que susto carajo! Oiga señora podíamos
    haberla matado carajo, señora queremos
    hablar con usted,venga para aquí afuera.
—No aquí no más, déjenme prender un par de velas.
—Si señora, esta casita da un poco de...
—!De miedo, ja, ja, miedo dan esas dos ratas
    enanas que tienen allá afuera!
—Bueno señora al punto. ¿Que fue lo que pasó con mis
    muchachos, salieron todos abollados de su casa, y dicen
    que aquí usted tiene al diablo.
—¿Quieren conocer al diablo?
    ¡Nooo no, señora queremos saber quien
     fue el que golpeó a los chatos?
— Está bien, ¡Adolfo puedes salir, ven,
    éstos señores quieren conocerte!

En esos momentos el viento abrió la puerta, y casi apaga
las velas. Los policías apuntaron sus armas hacia aquel rincón,
de donde salía de las sombras aquel hombre, que se veía sin
ningún temor y dispuesto a todo.

—Buenas noches.

No había terminado de hablar, cuando los policías
nerviosamente apuntándolo con sus armas se abalanzaron
sobre él, y lo esposaron.

—¡Déjenlo!¡ Déjenlo!
— Señora, cálmese, no le vamos hacer daño, queremos
    hablar con él. Oye Escobar dile a los Chatarros que
    entren, ya tenemos a su famoso diablo.

Después de unos largos minutos de averiguaciones por
parte de los policías, se empezaron a escuchar risas entre ellos.

El capitán dijo haber encontrado al tipo perfecto para su negocio, y esa misma noche salieron a dar vueltas por toda la barriada. Los policías lo bautizarían con el apodo del negro Diablo, y los Chatarros serían sus compinches.

— Diablo vas a ganar dinero, sólo tienes que hacer bien las cosas, primero no quiero balaceras, todo que sea a punta de puño o puñal, ¿Me entiendes?.

—¿Y estos dos enanos, pa que los quiero?

— Llevate bien con ellos, van a ser tus distribuidores, y el contacto entre nosotros. Tu trabajo es hacer respetar el negocio, y juntarme todo el billete.

—¿Y si viene la rayeria?

—No te preocupes, ellos también están en esto, nosotros te vamos a cuidar, te abastecemos de merca, te brindamos toda la protección y lo que necesites, toma esta 32 automática, úsala solamente en caso de emergencia.

Ese sería el inicio de los peores días en la barriada, la misma justicia le estaba dando poder al crimen. A partir de ese momento todo cambiaría, el lugar se llenaría de violencia y muerte, de abusos, de corrupción, y amenazas a todo aquel que se atreviera a enfrentarlos.

17   <u>¡Dios me ha curado!</u>

Ella nunca camina sola por el barrio, siempre se le ve de la mano de su abuela. La anciana trataba de nunca soltarla, porque siempre se distraía y andaba muy despacio.

— Camina hijita, Dios santo, ¡Camina por favor!
—Abuela, porqué esa señora te miró asi.
—¡Camina mamita, no seas tan preguntona!

Siempre estaba sonriendo, Doña María la hacia reír, iban juntas como dos hermanitas, Yasevira no dejaba de ser cariñosa, a cada oportunidad era un abrazo y un beso a su abuela, se veían felices, como ángeles cantándole al cielo. La niña nunca conoció a sus padres, y sólo había recibido el amor de su abuela, por eso su mundo giraba en la crianza que la anciana le estaba dando.

Mas esa tarde caminaba sola por el lugar, estaba descalza, no quería gastar sus zapatos, sólo los usaba para ir a la escuela; mientras andaba, sonreía y saludaba a las personas que la conocían, quienes se sorprendían de aquello, del verla sola.

—¿Yasevira adónde vas?¿Donde está tu abuela?
— Ella me ha mandado a un encargo.
—¡Oh! Está bien, además ya eres un poquito grande,
   ¿Cuantos años tienes?
— Ya voy a cumplir once, chau señora, estoy apurada.

La niña se había atrevido a desobedecer a su abuela, aprovechando que la mayor se encontraba realizando algunos trámites en el centro de la ciudad. Tenia que ser algo demasiado importante para que Yasevira hiciese aquello. Primero estuvo rezando, pidiéndole a Dios buscando una respuesta, de que si debía o no salir, y utilizar su fe para ayudar a curar a alguien que estaba gravemente enferma, ella sintió que las oraciones que venían del corazón, llegaban hasta Dios, y que no existía mal que el poderoso no pudiera curar.

— Hola Yasevira, qué haces por aquí?
   ¿Estás buscando al Manolito?
— No señora Olinda, vengo a buscarla a usted.
—¡A mi!¿ dime que te ha hecho el Manolito?
—Nada, sólo vengo para orar por usted, y quiero que usted
   rece conmigo.
— Ay mi hijita, eres tan linda, sabes yo estoy bien enfermita.
—Por eso, y se va a curar, yo soy hija de Dios, sólo quiero
   que cuando oremos, tenga mucha fe, entréguese a mi padre
—Está bien, Dios te bendiga hijita, hablas como una santa,
   tan buena esta niña.

Estaban en plena calle. La menor la tomó de las manos y empezaron a rezar. La mujer comenzó a sentir como si su cuerpo fuese bañado por bendiciones, y escuchaba voces pidiendo, voces de miles de seres rogando por ella. Yasevira la abrazó al ver que temblaba y lloraba nerviosamente, pero no dejaba de rezar, hasta que se desmayó. Algunos de los vecinos que observaban se acercaron a socorrerla, y cuando ella se recuperó, sólo le sonrió a la niña, y entró a su casa, para abrazar y besar a sus hijos.

—¡Dios me ha curado!¡Estoy curada, hijitos
    estoy curada, ¡Dios me ha curado!

Cuando ella volvió a salir, Yasevira ya se había marchado, y todas las personas quedaron comentando aquello. A los días la mujer visito al doctor, quien le dijo que estaba completamente sana.
—¡Esto es un milagro, su cáncer ha desaparecido,
    esto es inexplicable!
— Si doctor yo lo sé, fue Dios, fue cosa del
    Señor y de una niña bendita!

La noticia del milagro se supo en toda la barriada, muchos comenzaron a querer conocer a la niña.

18   <u>"El Rey de los Misios"</u>

— Ésta es una capa, y ésta una corona de rey, parece de oro,
   pero es de bronce, brilla bastante, no pesa nada, es raro no.
—¿Y de dónde sacaste esto?
—Fue un choreo, un carro de un tio que taba recontra
   borracho, esto taba en una maleta que ya la vendí,
   y también había un vestido de princesa, pero se lo dí
   al Manolito, pa que se recursee y el pavilo se dió a la
   Yasevira, bien bonito el vestido.

Mientras los muchachos de la collera hablaban, al lugar
llegó un personaje muy querido por ellos; un hombre ya
mayor de edad, pero con la mentalidad de un niño, a veces se
ponía a jugar con estos y hasta quería ser parte del equipo de
fútbol. Siempre traía frutas para regalarle a los niños, y así lo
aceptaran, ellos ya estaban acostumbrados a él, y lo veían
como uno más del grupo..
   —Muchachos díganle al profe Chichi que
      yo juego bien, que me deje jugar.
   — Reynaldo tú ya eres grande
   —¡Yo tengo plata, yo tengo plata!

—¡Yo juego bien!¡Yo juego bien!¡Yo siempre
  les traigo naranjas al equipo!
— Está bien, puedes ser el ayudante del profesor Chichi,
   pero no vas a poder jugar, tú ya eres mayor.
   ¡No, no, no, no, yo quiero jugar ¡ Yo quiero jugar,
   yo quiero jugar!
—Ya, ya, ya, no llores, no llores, mira, esto, ves esta capa
   es de un rey, como tú y mira la corona, el equipo necesita
   un rey, ponte la capa, bien Reynaldo ahora la corona,
   chucha su mare, pareces un rey, no, no, tú eres un rey,
   ¡Eres el rey Reynaldo!¡El rey del barrio!

Todo empezó como un juego, pero el hombre se tomó
aquello en serio. Los muchachos sentían temor de lastimarlo, y
caminaron junto a él por todo el lugar, proclamándolo como el
rey del barrio. Las personas que veían esto, sólo reían, pero
para Reynaldo era el día más feliz de su vida.

   —¡Viva el rey Reynaldo! ¡Viva el rey del barrio,
     rey de los pobres!
   —¡Si, si, soy el rey, soy el rey!
   —¡Viva el rey de los que no tienen nada!
     ¡Viva el rey de los Misios!

19   ¡Yo soy el Negro Diablo!

El olor de cigarrillos quemados, cargados de droga, estaban embruteciendo a decenas de jóvenes en la barriada. La plaga del vicio había llegado, y como si fuese un virus, iba tomando uno a uno a los muchachos de la calle. Las esquinas quedaban infectadas de aquel mal. La gente del lugar, no se explicaba como es que esto estaba sucediendo, sólo observaban a los menores cayendo al abismo, nadies se atrevía a detener la maldición. Y quienes trataban de denunciar la situación, eran amenazados y obligados a mantener silencio, la justicia era parte del trafico.

Para el nuevo líder en el lugar, esa noche tenía que ser la de imponer su poder. Ya no era el mundo de la prisión, si no las calles de uno de las barriadas más peligrosas en el Puerto del Callao.

—Ése que está allí, es el Mono, y nos debe más de tres bolsas de 25 gramos. Se achora porque tiene su canuto, y ha estao en cana porque se enfrió a un tío frontonero, se cree faite el concha e su madre...

Los Chatarros empezaron a señalar a todos los deudores. El negro Diablo así demostraría su presencia.

—¿Cómo estás Monito, cuando chucha es que piensas pagar?
— ¿Qué hablas compare?¿Quién mierda eres tú?
    ¡ Sapo e mierda, soplón!
—¿Yo?¡Yo soy el negro diablo, y soy el que te va a sacar
    la concha e tu madre!

De un sólo golpe, el matón había noqueado al deudor, que cayó en el suelo y a pesar de estar inconsciente, empezó a recibir golpes de parte de los cobradores, fueron tantos, que casi mataron al caído.

— ¡Esto es pa que respetes, si vas a vender merca pa' nosotros, tienes que cumplir, concha e tu madre! ¡Ya déjenlo!

La noche no había terminado, y todo aquel que estaba en deuda, apareció para pagar su cuenta. Lo hecho por el negro Diablo corrió como fuego en paja, ya todo el mundo delictivo de la barriada, sabía lo sucedido, y empezaron a correr la voz de que aquel hombre era un ser demoníaco, y que venía del infierno.

—Los Chatarros dicen que salió de abajo de la tierra,
    que tenía cuernos, y que ahora había tomado la
    forma humana, pero que aquel era el mismo diablo.
—No hables huevadas. Que el tipo es malo, es malo,
    pero ya pe...

En sólo un par de días, ya todo el barrio estaba bajo el control de los traficantes. El negro Diablo junto a los Chatarros, comenzaron a distribuir droga por todos los puntos de venta, y a la misma vez, eliminaron a toda la competencia. Todo aquel que se resistiera o fuese muy difícil de anular, caía en las manos de los uniformados, que se encargaban de limpiar la ruta para que continuase el negocio, negocio que era indirectamente dirigido por los mismos policías.

20   ¡Malditas, malditas ratas!

—Siempre viene de noche. Tengo miedo de que vaya a atacar a uno de mis hijos. Está bien grande, yo la he visto.

— ¡Está bien! Voy a buscar al señor que las mata,
    Ese viejito si sabe como eliminarlas.
—Si, buscalo, no puedo dormir tranquila,
    buscalo por favor.
—¡Ya calmate, calmate mi amor, ahora mismo lo traigo!
      Para cuando llega la noche, ya en el lugar está el mataratas, para encargarse de capturar y eliminar al roedor. Había estado observando las posibles rutas que seguía el animal, y preparando sus infalibles trampas. Quedó en silencio, a la espera de su presa.
—¡Maldita rata, te estoy esperando!¡Ya caerás!¡Ya caerás!
    Te estoy esperando, ya caerás!

Con el inicio del nuevo día, ya todo el problema ha sido resuelto. El hombre ha hecho su trabajo, y está satisfecho, hasta se le ve cantando, no se le escucha, pero susurra su melodía.
— ¡ Buenos días vecina!
—¿Oiga señor, usted se amaneció aquí en la calle?
— Si, su esposo me habló de la rata que venía a molestar a
    su casa, y ya las maté, porque no era una, si no dos, y
    grandes, y peligrosas.
— Gracias señor, gracias ¿Cuanto le debo?.
—Nada, sólo deme dinero para comprar un poco de kerosene.

El hombre había cumplido, luego se retiró a su lugar de trabajo, el basurero, y allí quemó a los roedores.
— Dos ratas menos, dos ratas menos ¡Malditas ratas!
    Sabía que caerían, ¡Malditas ratas!¡Malditas!

21   Angelita qué te pasa ¡Angelita!

Ella parecía como si una rosa hubiese tomado la forma de una mujer, porque no era hermosa, si no hermosísima. Pero tenía un defecto, confiaba demasiado en los demás. A pesar de ser una muchacha criada en la barriada, era educada y respetuosa; tenía sueños de llegar a ser alguien, y mantenía sus días, en estudiar y estudiar.

La gente del barrio veían a esta, como un buen ejemplo para todas las niñas del lugar, por eso era muy querida por todos. En verdad era increíble, era bella por dentro y bella por fuera.

Esa tarde, ella regresaba a su casa, venía de la academia, en donde se estaba preparando para postular a la universidad; se sentía contenta, soñaba mientras andaba. Cuando de pronto se atravesó en sus pasos, la peor pesadilla del lugar.

—¡Hola preciosa!¿Que linda eres?

En ese momento todo el barrio quedó en silencio, hasta el viento se detuvo. Ella siguió su andar, ignorando el saludo de aquel atrevido extraño, quien insistió.

—¡No me tengas miedo! Déjame que te acompañe, ¿Eres muda, no quiereshablar? ¡Nooooo! ¡Ya caerás, puta e mierda!¡Ya caerás!

Aquellas insultantes palabras la hicieron correr hasta llegar a su casa; las lagrimas inundaron su rostro, como si fuese una niña asustada.

—¿Angelita qué te pasa,?¡Angelita!

De inmediato y como presintiendo de que alguien le había faltado el respeto, el hermano de ella, salió a las calles del lugar, para averiguar que había sucedido y no tardó nada para saberlo.

—¡Oye Joroba, el negro Diablo le ha dicho puta a tu
    hermana, nada mas porque no quiso hablar con él!.

Como si fuese un sabueso en su captura, el hombre comenzó la búsqueda, hasta que se encontró con quien quería.

— ¡Oye concha e tu madre! ¡Maricón reconcha e
    tu madre a quien tú le has dicho puta!

No hubo más palabras, lo demás fueron golpes y más golpes. Los hombres son de estatura y fuerza; la pelea es pareja, cuerpo a cuerpo, parecía la lucha de dos bestias, uno tratando de devorar al otro; quien cayera sería el vencido. El Joroba era un hombre pacífico; pero estaba transformado, le habían faltado el respeto a su sangre. El negro Diablo no esperaba ese enfrentamiento, ni tanta fuerza en su rival. El Joroba tenía esta lucha por honor, y el negro Diablo se la había ganado por puro capricho, y estaba obligado a no ser derrotado, si no todo el lugar no le tendría temor.

Habían pasado sólo unos minutos, pero ya casi todo el barrio estaba allí, observando el enfrentamiento, y esperando la caída del mal viviente.

—¡Dale Joroba, dale Joroba, sacale la mierda a ese negro!

De repente, cobardemente, el Joroba recibe un fortísimo golpe de un palo en la cabeza; uno de los Chatarros lo atacó por la espalda, y así logró derribarlo y dejarlo inconsciente, de esa manera terminó la pelea. El negro Diablo estaba enfurecido, por la acción de sus compinches, hasta quiso golpearlos por haber intervenido.

—¡No tenían que meterte!¡No tenían que meterte enanos e mierda!¡Concha e tu madre!¡Concha e tu madre, enanos malditos!
—¡Puta que malagradecido eres!
—¡Callate!¡Que te calles concha e tu madre!

Las personas del lugar se encargarían de ayudar al caído, quien había quedado inconsciente por varios minutos. Ese sería el final de aquella lucha, que surgió del mismo ambiente que ofrecía la barriada.

¡Ella es mi nieta!

—¡Ella es mi nieta!¡Tengo derecho a tenerla conmigo!

—¡ A tenerla no! ¡Usted puede venir a visitarla, puede venir a verla, pero de mi casa ella no sale!

Otra vez volvía a surgir la discusión entre las dos abuelas de la niña. Yasevira había quedado huérfana, su padre fue asesinado en la cárcel y su madre falleció de un extraño mal, por ello su abuela por parte de madre, había quedado a cargo de ella. Doña María dedicaba sus días a cuidarla y educarla, además la niña era la única familia que tenía. El problema era que tambіén la otra abuela, Doña Maruja, exigía tener el mismo derecho sobre la menor.

— Es mi nieta y vengo a llevármela ¡Quiera usted o no!

— Mire señora, lárguese de aquí, antes de que me... Por favor no se meta conmigo

— Si que miedo¡Cuidate tú de mi, que yo si te puedo joder!

—¡Claro, con brujerías!¡Porque usted fue quien mató a mi hija, con brujerías, la envenenaste con tus brujerías!

¡Pero Dios es testigo y algún día la vas a pagar!

El odio entre las dos mujeres cada día era mayor, mientras una pedía a Dios por ayuda, la otra imploraba a el demonio por fuerzas para hacer el mal.

La ansiedad por poseer a la menor había aumentado por parte de doña Maruja, al enterarse del milagro realizado por la niña, al darse cuenta de que las personas del lugar empezaban a visitarla, en busca de ser curados por ella, su fama de niña milagrosa se había acrecentado.

Aquella discusión por tener el poder sobre Yasevira, estaba desatando la furia de ambas abuelas, dos mujeres ya de muy avanzada edad, pero dispuestas a entregar sus vidas por defender lo que sentían era su derecho.

23 <u>¡Soy el Rey y te ordeno que te vayas!</u>

Su castillo estaba hecho en su mente, se sentía poderoso, invencible, que una sola palabras suya, movería a millones de soldados, pero él no quería guerras, sólo paz. Miraba a sus dragones volar sobre su imperio, por eso se le veía su rostro sonriente, feliz de llevar su poderoso gobierno. Aúnque todo estaba en su imaginación.

Ya las personas de la barriada habían dejado de burlarse del tipo, no porque le tomaran respeto, si no, porque ya estaban cansados de reírse de él, y a la vez lo aceptaban como el rey del barrio, llegaron a tomarle cariño. Él tenía por costumbre, venir a su trono, que era una silla hecha de troncos y viejos ladrillos, y allí sentarse casi todo el día. Desde ese lugar saludaba a todo aquel que pasaba, mostrándose orgulloso de su corona y su hermosa capa hecha de fina gamuza.

—¡Buenos días don Pancho!

—¡Buenos días señor, su majestad, rey del barrio!

Los muchachos de la collera, sabían que eran responsables de aquel personaje, y se dieron a la tarea de protegerlo. Como si fuesen sus soldados, empezaron a prestar guardia, con espadas de madera y caballos hechos de viejas escobas, en fin eran criaturas, todo era un juego, y el más feliz era aquel hombre, que en su retraso mental, y sentirse como un niño, estaba viviendo los momentos más felices de su vida. Para los muchachos de la collera, el estar jugando en las calles era parte de su infancia. En la barriada casi todas las personas se conocen, como si fuesen una gran familia, y como en toda familia, siempre existe una oveja negra.

El negro Diablo llegó hasta los niños, llevándoles una pelota de fútbol, algunas frutas y refrescos.

— ¡Muchachos vengan, esto es pa' ustedes! ¡Vengan, ja, vengan! ¡Vengan, vengan, tomen este balón! Me gusta verlos jugar, son muy buenos con la pelota, ¡Vengan pue, les he traído frutas! ¿Que les pasa carajo¡ Vengan quiero hablarles, puta mare!

Los niños quedaron mirándose entre si, sabían lo que era el tipo, y entendían lo que significaría recibir lo que este les brindaba. Ellos no querían responder al ofrecimiento, pero como si ya lo hubiesen acordado, ninguno de estos acudió al llamado del delincuente, eso lo encolerizó, y empezó a arrojar y a reventar las frutas, a pisotearlas.
—¡Muertos de hambre y la concha de su madre, a mi nadie me desprecia! ¡A mi nadies me desprecia mierdaaas!

Al ver que el enfurecido hombre venía a atacarlos, los niños tendieron a escapar, excepto uno de ellos; Manolito, quien no sentía temor ante nada, pero fue su error. El negro Diablo lo tomó bruscamente del cuello, luego lo abofeteó y el niño cayó al suelo y empezó a llorar.
Reynaldo al ver lo que estaba sucediendo, se enojó, y como si fuese Ricardo corazón de león, tomó valor para enfrentar al abusador.

—¡Te ordeno que te vayas!¡Soy el Rey y te ordeno que te vayas!

Aquellas palabras hicieron reír al negro Diablo, aunque sirvieron para que el delincuente dejase de golpear al niño, pero para mala suerte de Reynaldo, aparecieron los Chatarros, quienes obedientes a su líder, golpearon y casi desnudaron al incapacitado defensor, lo despojaron de su corona y de su capa, y así lo dejaron, sangrando por las heridas que le habían causado. Allí quedó llorando como una criatura, aunque lo que más le dolía, era haber sido destronado de su reino.

¡Se lo Ruego!

—¡Señora Mariita, por favor, sólo su nieta puede curar a
   mi madrecita! ¡Ella ya no aguanta más el dolor, por
   favor ayúdeme!
—¡Señora María, mi bebé está muy enferma, le ruego por
   Dios, haga que su nieta la cure!¡Se lo ruego, se lo imploro!
   Señora, por favor, mi esposo esta en el hospital, sólo quiero
   que la niña rece y pida por él, sólo mencione su nombre,
   tenemos mucha fe en su nieta! Si ella lo menciona en
   sus rezos él se curara, ayúdeme por favor, por Dios!

La gente de la barriada, al saber lo que Yasevira había
hecho, empezó a   visitar la casa donde vivía. Llegaban
personas buscando ser curados por los poderes de esta. La
abuela de la niña, tenía temor de que algo le sucediera, ella
siempre supo, que Yasevira había nacido bendecida, pero
ahora, lo mismo también lo sabían todos los habitantes del
lugar.

Las personas suplicaban por los favores de la niña. Fuera
de la casa de doña María, empezaban a juntarse mucha gente,
algunos sólo por curiosidad, y otros en la espera de la
presencia de Yasevira. Con la esperanza de recibir el milagro.

—Abuela tengo que salir, y hablar con toda la gente
   que está afuera.
—¡No, nooo!¡No, yo no quiero que salgas, no!
— Abuela no te pongas nerviosa, sólo les voy a hablar,
   ellos creen en Dios, en mi
     padre, no tengas miedo abuela nada me va a pasar,

Cuando la niña le explicó el porqué, recién pudo lograr convencer a la mujer, sólo asi pudo tener el permiso para el encuentro con los creyentes.

— Esta bien hijita, pero primero déjame a mi hablar
con ellos, ¡Dios mio!

La anciana, desde su puerta empezó su diálogo con la gente, les pidió que no se acercaran demasiado a la niña, les dijo que ella vendría a ellos, que supieran respetarla, si no de lo contrario, la devolvería a la casa.

Cuando Yasevira salió, las personas empezaron a rodearla, a pedirle que los ayude, algunos se arrodillaban y lloraban al verla. Ella les dijo que se juntaran y que la acompañaran a rezar el Padre Nuestro, el lugar se llenó de una increíble paz; la gente se veía feliz, se sentían aliviados de todos sus males.

Después de casi mas de una hora, y muchos rezos, la niña les pidió que fueran a la iglesia y allí siguieran rezando, que cogieran agua bendita y la rociaran en sus casas. La gente le pidió a Yasevira, que fuera con ellos, pero les respondió que no era ella quien los estaba curando, sino, Dios, y es por eso que tenían que ir al templo a agradecer por los milagros.

—¡No tienen que creer en mi, tiene que tener fe en la iglesia,
que es la casa de nuestro Padre, la casa de nuestro Dios!
No tienen que agradecerme a mi, yo solo soy su hija, pero
es mi padre quien los está sanando!

Las personas ya no veían a una niña, si no a una santa. La humildad de Yasevira ante estos, estaba haciendo que empiecen a adorarla. Había algunos que estaban allí por pura curiosidad, o por buscar que burlarse, al final terminaron arrodillados y rezando junto a la bendecida. Ese día, la vida de Yasevira cambiaría por completo, y en la barriada, todas las personas comentarían sobre la existencia de la Niña Santa.

25   ¡Quiero a mi nieta conmigo!

—¡Acuérdate de quien te salvó de la muerte!¡Acuérdate
  que gracias a mi la mar brava no te tragó!¡Acuérdate!
—¡Ya, ya carajo, vieja cálmate, cálmate!
— ¡No, no, lárgate de mi casa!¡ Lárgate con tu maldita
  porquería!

La vivienda de doña Maruja, se había convertido en un centro de tráfico de drogas, desde allí el negro Diablo, manejaba su negocio, pero la mujer se había cansado de ello, a pesar de que recibía dinero por consentir la venta, ella tenía otro motivo que causaba su amargura.

—¡Quiero a mi nieta conmigo!¡Quiero a mi nieta conmigo!
—¡Esta bien! Yo te voy a ayudar a que tengas a tu nieta,
  pero dame tiempo.
—¡Nooo, no, yo la quiero ahora!¡Ahoraaa!

Doña Maruja se enteró de lo que estaba sucediendo con la niña, y por ello la quería a su lado, empezaba a creer que teniendo a Yasevira, ella se haría más fuerte, y hasta pensaba en entregarla al mismo demonio, para de esa forma lograr sus favores.

—¡Quiero a mi nieta conmigo, si no lárgate de aquí! ¡Largateeee!

El negro Diablo no tenía otra salida, por eso empezó a pensar la forma de como lograr conseguir a la menor, y así poder continuar en su negocio; pero a la vez entendía el riesgo que corría, si no hacia bien las cosas.

En la barriada la niña ya era protegida por su creyentes, y eso complicaba los planes del delincuente. Entendía que la única manera de lograr poseer a Yasevira, era eliminando a la otra abuela, doña Maria. Pero él no quería comprometerse; una cosa era asesinar a un delincuente, y otra a una persona de respeto. Sabía que un sólo error podría significar su retorno a la cárcel, donde a él, tan sólo le esperaría la muerte.

26 ¡Profe, usted es lo máximo!

El profesor Chichi, había reunido a todos los muchachos de la collera, y ellos ya se imaginaban el porque, por eso estaban contentos. El buen hombre se había comprometido a regalarles camisetas de fútbol, y los niños sabían que ese día había llegado, la promesa se hacía verdad.

— ¡Muchachos, tengo una sorpresa para ustedes y también una bonita noticia.
—¡Si, si profesor Chichi, enséñenos las camisetas!
—¡Ya tranquilos, que rápido descubrieron mi sorpresa, ustedes son bien moscas, bueeeno, aquí están las camisetas, y todas tienen sus nombres!
—¡Eeee!¡Eeee!¡Eeee!¡Chichi!¡Chichi!¡Chichi!

La alegría de los niños fue un premio para aquel hombre, al verlos reír y correr como locos; el escucharlos corear su nombre, como agradeciéndole lo que había hecho por ellos, casi lo hicieron derramar lágrimas, hasta le tembloreo un poco el cuerpo.

El profesor Chichi era un hombre demasiado humilde, de esos que deja de comer por compartir lo poco que tiene, de los que se quitan el abrigo para cubrir del frio a un mendigo, él era así, y por eso siempre estaba rodeado de bendiciones. A pesar de ser un hombre pobre, su riqueza estaba en su corazón, no soportaba la injusticia, y no quería que nadies, y en especial los niños, no tuvieran quien les diera una oportunidad, siquiera una, para salir adelante. Él había pasado por mucho, y alguien lo ayudo, ahora su forma de agradecerle a la vida era, ser el guiá para estos pequeños.

  —¡Lolo, la numero 6, Cuto 4, Zurdo 9, Toni la10.

  Goyo la 8, Bobo la 11, Raton la 2...

A cada nombre que pronunciaba, los niños aplaudían y daban sus gritos de alegría, aquello era una fiesta, hasta bailaban tirados en el piso, estaban felices .

Casi en el mismo lugar, pero un poco apartado y en un rincón, estaba Reynaldo, aquel hombre con la mente de un niño, aún soñaba con volver a ser el rey; se le veía triste, sin espíritu, como perdido en otro mundo.

El profesor Chichi continuaba diciendo los nombres de los niños, a quienes dejaría sorprendidos, al pronunciar un nombre inesperado. —¡Y la numero 20... ¡Reynaldo! —

Toda la collera corrió hacia el hombre niño, él ni siquiera entendía lo que estaba sucediendo, pero cuando vio la camiseta con su nombre, parecía volviese a la vida, empezó a sonreír y a brincar como una criatura, y llorando de felicidad, que hizo caer en lo mismo a los demás, todos se abrazaron y coreaban su nombre.

—¡Reynaldo!¡Reynaldo!¡Reynaldo!

Era demasiada alegría, el profesor en su emoción volvió a sentir el lagrimeo en sus ojos.

—¡Bueno muchacho, ya, ya, cálmense y escuchen, escuchen
   por favor.
—¡Profe usted es lo máximo, es el más bueno del mundo.
   ¡Ya, ya, ya escuchen este domingo tenemos nuestro primer
   partido, vamos a jugar contra el San Román,
— ¿Contra San Román?
—¡Si, y tenemos que ganar, el Sarita Colonia tiene que ser el
   mejor equipo del barrio, el mejor de todo Corongo!
—¡Si, si, si, Sarita!¡Sarita!¡Sarita!
   ¡Sarita!Sarita!¡Sarita!
—¡Ya, a entrenar duro y parejo, vengan conmigo, vamos a la
   casa de la Puti, ella les va invitar un vaso de quaker a
   todos, pórtense bien!
—¡Eeeeeeee! Puti! Puti! Puti!
—¡Cállense, si los escucha les va pegar a todos, pórtense bien,
   no me vayan hacer quedar mal. Vamos muchachos, tú
   también Reynaldo.

Cuando la justicia se hace injusticia, lo ilegal, se hace legal.

Los guardias civiles empezaron a apestar, por ello no sentían el mal olor en el la barriada, que había empezado a podrirse, a agusanarse. La ambición los había convertido en ratas, en roedores de dinero, sus armas estaban al servicio de la destrucción, de protectores de quienes estaban empezando a envenenar a casi toda toda la juventud de aquel lugar.

La barriada comenzó a sentir la presencia del ilícito negocio. Las calles ya no sólo tenían viciosos durante la noche, si no también durante el día. La venta de pasta básica de cocaína, atraía a muchos drogadictos de otros lugares, por ello mismo la delincuencia aumentó en forma alarmante.

A cuanto más crecía el negocio de las drogas, más difícil se hacía manejarlo. Para los traficantes todo parecía se les fuese del control. Había surgido más de un grupo de vendedores, quienes estaban dispuestos a eliminar a todo aquel que se les cruzara en el camino.

—¡Esa e s la gente del loco Cáncer, él recién ha salido de cana, pero tienen hasta fierro largo, tamos cagaos.

—¡Ya cállate huevonazo! ¡Cállate imbécil! En la madrugada

vamos a caerles a esos huevones, está noche quemamos plomo, despúes les tiramos los tombos pa' que los rematen!
—¡Nooo Diablo, nooo!
—¡Cállate mierda, cállate huevonazo!
—¡Pero Diablo!
—¡Que te calles concha e tu madre!

Esa noche en verdad, sería de balas perdidas, cabezas partidas y sangre de traficantes y viciosos. La gente cerró sus puertas, y en silencio sólo escuchaban los tiroteos, no había nada que averiguar, sabían que eran los traficantes que se habían apoderado de la barriada.

El negro Diablo hizo una gran cantidad de disparos, junto a los Chatarros, que hicieron fiesta con sus armas, pasaron por todas las esquinas, dejando huellas, como perros, marcando territorio, mataron a dos de sus rivales y hasta se apropiaron de drogas y dinero, todo fue rápido, en menos de una hora, causaron toda una desgracia. Cuando la policía llegó, fue para escoltar a los delincuentes en su salida de lugar.

Al día siguiente, debido a las denuncias en la Prefectura, se produciría un gran operativo, más de un centena de uniformados de la Policía Nacional, peinaron toda la barriada, rompieron decenas de puerta, atraparon a la mayoría de los traficantes, y encerraron a más de un centenar de sospechosos, Excepto al negro Diablo y los Chatarros, quienes habían huido del lugar, gracias a que fueron advertidos por los guardias de la misma comisaría local, pero el nombre del criminal quedaria archivado como el responsable de lo ocurrido, y se empesaria a sospechar del mal comportamiento de los encargados de poner el orden en el lugar.

Para la barriada fueron días de mucha violencia, de drogas e injusticia. Luego por fin volvería la calma, aunque sería algo temporal, porque el retorno del más indeseable delincuente, ya estaba escrito.

28   <u>¡Que chucha me miras!</u>

Cuando el profesor Chichi, se enteró de lo que había sucedido con Manolito y con Reynaldo, fue el inicio de la lucha contra el traficante; el profesor sabía que era en vano presentar una denuncia policial, ya que la corrupción existente hacía que la supuesta justicia rigiera a favor del crimen.

Pero por cosas del destino, se dio el encuentro entre el profesor Chichi y el negro Diablo.

—¿Que chucha me miras? — Dijo el delincuente.

—¿Eres valiente con los niños!— Fue la respuesta del profesor.

— Mira compare, es mejor que no te metas conmigo, porque te puedes morir.

— ¡No te tengo miedo, sólo te advierto, que sea la ultima vez que tocas a uno de mis muchachos.

—¡Que!¿Me estas amenazando?

¡No, no, no, sólo te estoy advirtiendo!¡No vuelvas a tocar a ninguno de mis muchachos!

El profesor no estaba acostumbrado a este tipo de conversación, se mostraba nervioso, pensaba en su familia, pero a la vez no podía permitir el abuso contra los niños. Mientras el malviviente se burlaba de la advertencia recibida; y si no fue mas agresivo, era porque los policías de la comisaria del lugar, le habían prohibido que causara más problemas, él sabía que debía mantenerse tranquilo hasta que el ambiente en la barriada se calmara, y así fue, el negro diablo desapareció por un corto tiempo; además entendía que debía estar preparado para la trampa y traición, que en cualquier momento, quienes lo usaban, le ofrecerían. Estaba siendo buscado por la justicia del puerto, y por ello prefirió obedecer a sus encubridores, tenía que ocultarse, de lo contrario sería encarcelado.

29   !Pónganse a rezar¡

—¡La niña no quiere verla, por favor no sea tan terca!

—¡Si soy terca, quiero que ella misma me lo diga!

¡Yasevira, Yasevira, ven aquí mi hijita, soy tu abuela!

Otra vez volvía la discusión entre las dos abuelas de Yasevira. Las personas que se mantenían a la espera de la niña, eran testigos de lo que estaba sucediendo, casi la mayoría de ellos eran del lugar, y por lo mismo conocían el problema.

Doña María estaba en la puerta de su casa, y desde allí enfrentaba la discución con la enfurecida mujer, que insistía en ver a la niña; hasta que las personas allí presentes, al ver tanta agresividad en la visitante, empezaron a insultarla, acusándola de bruja y asesina. La mujer no tuvo más remedio que retirarse, y mientras lo hacia lanzaba sus maldiciones.

—¡Me las van a pagar!¡Todos me la van a pagar!

¡No saben con quien se están metiendo!

—¡Si con una bruja!¡Vieja bruja cochina!

—¡Malditos todos ustedes!¡Malditos!¡Malditos!

Algunas personas se reían de las amenazas, otras se persignaban y mencionaban a Dios, para protegerse de las palabras de la amargada mujer.

—Señora María, queremos ver a la niña, por favor se
lo suplicamos.

—Tengan paciencia, la niña sabrá en que momento vendrá
a verlos, ahora ella está rezando, tengan paciencia.

— Señora, dígale que queremos rezar junto a ella, por favor.

—!Ya les dije, tengan paciencia, pónganse a rezar, es a Dios
a quien tienen que buscar, es a Dios a quien deben pedirle.

¡Vamos a ganar! ¡Vamos a ganar!

Ahora la zona había llegado a la calma, el barrio volvía a la normalidad. Era el domingo esperado por los muchachos de la collera, ese día sería el del partido de fútbito, y no era sólo el día del juego, también era el del bautizo de los uniformes del equipo, allí estarían los padrinos; quienes fueron elegidos por los mismos niños. Cleopatra, había sido escogida como madrina, aunque ella era más conocida como la Puti, debido a que odiaba su propio nombre.

—¡Hola Cleopatra, ji,ji,ji
—¡Cleopatra es la concha de tu madre!

Para los muchachos de la collera, ella significaba demasiado, y sabían que no se negaría a ser parte del equipo, la Puti era del barrio, aparte que siempre fue la defensora de estos.

—¡Puti, que chévere que seas la madrina!
—¡Si, pero me van a obedecer y quiero que ganen el partido carajo, si no les voy a sacar la mierda a uno por uno.
—¡Allá viene el profesor Chichi!¡ Viene con el agua bendita pa' echarles a las camisetas!

Después del bautizo, y las palabras del profesor y de la madrina, los muchachos procedieron a vestirse para estar listos y en espera del rival. Luego de unos minutos apareció el equipo contrario. El San Román era un equipo invencible, y venía a ser la prueba de fuego para el Sarita Colonia. Los equipos ya estaban en el campo de juego, todos los vecinos del barrio eran los espectadores, había muchos nervios en el equipo debutante. Se jugaban trofeo contra trofeo. El profesor Chichi llamó a sus muchachos y les dio aliento

— ¡Ustedes son los mejores! ¡Sarita Colonia tienen que ser el mejor equipo de Ciudadela Chalaca, el mejor de todo Corongo!¡Vamos a ganar!¡Vamos a ganar!
— ¡Vamos a ganar!¡Vamos a ganar!¡Vamos a ganar! ¡Sarita!¡Sarita!¡Sarita!

31 <u>¡Sí, ella es la niña Santa!</u>

Cuando el cura de la iglesia empezó a notar la presencia de nuevos fieles, y que la mayoría de estos procedían de la barriada vecina, quiso saber que era lo que estaba ocasionando este cambio. Al ver repentinamente nuevos rostros en la iglesia, decidió conversar con las personas que ya conocía, esperando encontrar una respuesta, y así fue que supo de la existencia de Yasevira.

—¡Es la niña señor Cura, es una niña que hace milagros,
   ella viene aquí todos los domingos, y la iglesia ese día,
   siempre está llena.
—¡Si, si, ahora entiendo, oh es la niña, la que todos rodean
   cuando salen de la iglesia, si, tienes razón!
—¡Si, ella, ella es la niña santa, la gente de la barriada
   viene siguiéndola, ella esta haciendo milagros, dice
   que es hija de Dios.
—¡Mujer, mujer, todos somos hijos de Dios!
—Pero ella, es diferente, ¡hace milagros!¡hace milagros!

El religioso conocía a la mujer, sabia que no mentía, pero era difícil aceptar lo que estaba escuchando, sobre la existencia de una niña santa. No respondió sólo sonrió y en su silencio se despidió de esta.

El día domingo fue el más esperado por el señor Cura, quien siempre hacia su presencia después que la iglesia estaba totalmente llena, pero ese día, él aguardo en la puerta del templo, y pudo notar el momento de la llegada de Yasevira, junto a ella, más de una veintena de personas, venían rezando, cantando alabanzas a Dios. Para el Cura, contemplar aquello fue como ver a Cristo rodeado de sus seguidores, pero él no quiso demostrar su asombro, y prefirió ingresar al templo, antes del paso de la niña.

Durante la misa continuó con su rutina. La iglesia estaba casi repleta de gente, y se sentía una gran energía en cada oración. Como si volasen ángeles en el ambiente. Todo parecía más luminoso, más brillante, los fieles inspirados en sus cantos, los rezos profundos. Aplaudían como nunca. Que está pasando, se preguntaban los monaguillos, Era inhabitual lo que estaba sucediendo. El señor cura estaba emocionado, se sentía como ofreciendo misa al mismo cielo, pero sabia que era la niña, la que causaba con su presencia, con su energía espiritual, todo ese ambiente, que sólo un ser venido de Dios, podía causar, no supo contenerse mas y trato de anunciar y presentar a la niña.

—¡Este día, Dios está entre nosotros, si, si, puedo sentir su presencia! ¡Dios está entre nosotros! ¡Queridos hermanos, ella es sólo una niña, pero tiene el poderdel Espíritu Santo! ¡Yasevira!¡Yasevira, ven, ven aquí al frente.

En ese momento, todas las personas miraron hacia el lugar en donde se hallaba la niña, pero ella, ya no estaba, había desaparecido, hasta quienes estuvieron junto a ella, quedaron sorprendidos; nadie la vio salir del lugar, sólo, ya no estaba.

El Cura siguió con sus rezos, luego invitó a todos al canto y así continuó con su acostumbrada misa, quedándose sin encontrar explicación a lo que había ocurrido.

— !La estaba viendo y ante mis ojos desapareció, lo juro por Dios Santísimo, desapareció, desapareció!

 ## ¡Vamos muchachos!

Sonó el silbato y fue el inicio del juego, la pelota empezó a rodar. Los primeros minutos fueron del dominio del rival. El equipo de la collera, el Sarita Colonia no encontraba la forma de detener el ataque constante de su adversario. Apenas cinco minutos, y ya uno de sus jugadores estuvo casi a punto de ser expulsados, por ser demasiado agresivo en su marca, por suerte, sólo fue castigado con una tarjeta amarilla.

—¡Tranquilo Cuto, tranquilízate ya estás con amarilla.
—¡Ta bien profe, ta bien.

La presión del equipo contrario era imparable. Los disparos al arco del Sarita Colonia no cesaban, y la pelota siempre estaba en los pies del rival. El profesor Chichi, entendía que el adversario era un equipo preparado, que ya estaba acostumbrado a salir siempre victorioso, pero debía tener fe en sus muchachos, por ello sólo se dedicó a alentarlos.

—¡Vamos muchachos, tienen que salir más, salgan mas!
¡Toni, Toni adelántate! ¡Zurdo quédate en el medio, no te metas atrás! ¡Goyo, Goyito que haces en la defensa, tú eres delantero! ¡Sube, subeeee!

Apenas habían pasado diez minutos del encuentro, y el dominio total lo tenía el conjunto contrario. El profesor Chichi sabía lo que sucedería; el San Román era el mejor cuadro de la barriada, y si su equipo empezaba venciendo a los invencibles, eso significaría un verdadero triunfo; pero las cosas no estaban saliendo bien, sus muchachos habían caído en un juego demasiado defensivo, y no mostraban señales de mejorar, empezaba a notarse el camino a la derrota. Ya a los quince minutos del partido, cayó el primer gol, junto a toda la moral del Sarita.

—¡Gol, gol del San Román!

Después del primer gol, el juego bajó su intensidad, aún así los muchachos de la collera seguían defendiéndose, mientras los del San Román, empezaron a mostrar un ritmo de lucimiento, como si estuviesen esperando el final del primer tiempo. Y así fue, sonó el silbato y se fueron al descanso.

El profesor Chichi, entendió que era el momento de imponer su presencia, pero a la vez sabía que no podía ser agresivo con sus muchachos, estuvo hablando con ellos, los motivó, les sonrió, les dio confianza, y así volvieron al campo, con una actitud diferente.

El San Román nuevamente volvió al ataque, el equipo salió más veloz que en el primer tiempo; quería aniquilar al Sarita, pero el conjunto de la collera respondió con la misma flecha. El Batería rechazo un balon, que cayo a los pies del Cuto, quien pasó la pelota a Toni, Toni en velocidad dejó a dos rivales cazando aire, y dio el pase a Goyito, goyo en primera se la pasó al Zurdo, que pateó al arco rival, la pelota fue rechazada por el arquero del San Román, y del rebote creado, apareció Toní, para rematar de cabeza y anotar el gol del empate.

—¡Gol!¡Gol!¡Gol carajo!¡Gol del Sarita!
¡Gol, gol, gol carajo!

Todo el público gritó el gol, era increíble, fue el primer ataque que hacía el Sarita Colonia y había logrado el gol. Ahora el juego se volvía más interesante. Los del San Román dejaron de sonreír y empezaron con un juego un poco más brusco, sobre todo en contra de Toni, que recibía constantes golpes. Las personas del público empezaron a protestar, el juego siguió su curso. El San Román volvió a arrinconar al Sarita y se repetía lo del primer tiempo; por tal razón, llegó lo inevitable. —¡Gol!¡Gol!¡Gol del San Román!

Era lógico, el Sarita volvió a caer en el mismo error. El tiempo del reloj corrió velozmente, ya el San Román tenía el juego ganado, sólo faltaba un minuto, pero sucedió lo increíble. Toni logra robarle la pelota a un defensa contrario, pero él va solo, contra dos del San Román, quiebra a uno, avanza, hace lo mismo con el segundo y cuando enfrenta al arquero y esta dispuesto a patear el balón, es derribado por un tercero. —¡Penal!¡Penal!¡Penal Carajo!

El mismo publico exigió la pena máxima, y el árbitro se vio obligado a confirmarla. El profesor Chichi entró al campo y le dijo a Toni que ejecutara el penal. El Cuto le pidió al profesor que lo dejara patear a él, pero el profesor le respondió que no, e insistió en que sea Toni quien lo haga; Toni le hace un guiño al Cuto y este lo entiende. Cuando el árbitro dio la señal, Toni se perfila para patear el balón, pero el Cuto pasa como un rayo y con una fuerza mágica, patea la pelota, hasta hundirla en las redes del arco rival.

—¡Gol!¡Goooool!¡Gol de Sarita Colonia!

El árbitro cobró el gol y se dio el final del partido. Para los del San Román, el empate en el último minuto fue sentido como una derrota; pero para el Sarita Colonia, aquel empate fue el primer gran triunfo.

—¡Sarita!¡Sarita!¡Sarita!

¡Esto es una injusticia!

Cuando el león esta solo, y es atacado por un grupo de hienas tiende a escapar, sabe que puede perder la vida, cuando el enemigo es mas numeroso, y los carroñeros están dispuesto a devorarlo, tiene que huir.

Este hombre, se había atrevido a investigar sobre el trafico de drogas en la barriada, y estaba informado de quienes eran los verdaderos cabecillas del ilegal negocio. Sabia que esto le podría costar la vida, que en cualquier momento se vería perseguido por esta mafia, pero no tenia miedo y estaba dispuesto a luchar hasta las ultimas consecuencias. Decía, alguien tiene que hacer algo, alguien tiene que atreverse a denunciar. Sintió que ese alguien,era él, y se atrevió, como si fuese David enfrentando a Goliat, sólo que ni siquiera tenia la honda, ni la piedra, Y su enemigo estaba armado de pies a cabeza.

La noche de la barriada estaba casi por terminar, sólo se oía el ladrar de los perros, y a un grupo de uniformados que atravesaron la oscuridad, para llegar hasta la casa de un hombre que iba a ser víctima de la injusticia. De un sólo golpe derribaron la puerta de la vivienda del profesor Chichi, y portando sus armas se abalanzaron sobre el indefenso hombre, que no tuvo tiempo ni de vestirse. Su esposa y sus pequeños hijos cayeron en llanto, por no entender lo que estaba pasando. Los policías empezaron a revisar toda la casa, y a romperlo todo.

 —¡Dónde está la merca!¡Dónde está la maldita droga!
 —¡Qué droga!¡Yo no tengo ninguna droga!
 —¡Ya cállate, cállate reconcha e tu madre!¡Sigan buscando,
  sigan buscando!
 —¡Capitán!¡Capitán aquí está la merca, la encontré,
  aquí está la merca!

Los policías en verdad tenían la evidencia. Era más de un cuarto de kilo de pasta básica de cocaína, pero la realidad era que ellos mismos habían sido quienes llevaron la droga, para sembrarla en la casa del ahora acusado. Los policías se habían enterado de los planes del profesor Chichi, quien estuvo hablando con un grupo de vecinos, para que juntos hicieran una protesta en la prefectura del puerto, allí conversarían sobre los problemas del tráfico ilícito, y sobre la corrupción policial que existía en el lugar.

Para evitar que aquello suceda, los uniformados buscaron la manera de tratar de callar a quien los iba a denunciar, por ello inventaron el delito, perjudicando a aquel hombre, y desanimandolo de seguir con tales intenciones.

 —¡Así que aquí Corongo la policía es la que maneja la droga,
  si, ahora vamos a ver quien se va a joder en la cárcel!
 —¡Esto es una injusticia! ¡Déjenme, déjenme!
  ¡Suéltenme!¡Suéltenme!
 —¡Camina mierda, traficante de mierda, camina
  concha e tu madre!

El nuevo dia llegaría para ver como el profesor Chichi, sería injustamente encerrado en la celda de la comisaría del lugar. Allí quedaría detenido bajo los cargos fabricados. Pero este hombre no venía hacer el primero, ya era costumbre de los policías detener y apresar a todo aquel que tratase de atreverse a denunciarlos.

El negro Diablo sabía de lo sucedido, porque fue él quien solicitó a los policías que realizaran tal movimiento, y fue él quien advirtió sobre los planes de denuncia del profesor Chichi.

Cuando los muchachos de la collera, se enteraron de lo sucedido, ya toda la barriada también lo sabía, y como siempre, todo quedaría en silencio. Como acostumbrados a ser víctimas de la injusticia.

—¡Dios ayude al profesor Chichi!

34   ¡Negro Maldito!

Era capaz de enfrentarse a la fiera más peligrosa, sin ningún temor. No había perdido ninguna batalla, ni pensaba perderla. Su carácter era demasiado fuerte. Si todo estaba bien, era suave, amorosa y comprensiva; reía, y podía pasarse la mañana cantando; pero si veía una injusticia, eso si que la trasformaba, como a cualquier persona; sólo con la diferencia que ella salía a enfrentar al abusador, sea quien sea, si es posible, hasta al mismo satanás. Cuando los ojos se les abrían y sacaba la cabeza delante del cuerpo, era mejor apartarse de esta, no iba a hablar, iba a golpear, a pasar sobre la puerta, a romper la pared, y si hablaba, era sólo para escupir groserías, y puño sobre puño, era mejor correr que enfrentarla.

Ese día la Puti estaba embravecida. Cogió un palo y salió hacia la calle, cada paso que daba valía por dos. tenía candela en los ojos. Quien la veía y la conocía, sabía que no era momento de hablar con ella. Los muchachos de la collera empezaron a seguirla, por el rumbo que llevaba, se imaginaron hacia donde se dirigía.

Cuando llegó a la casa de doña Maruja, de una patada casi derribó la puerta, y luego de empujar y empujar, logró entrar .

—¿Dónde está ese concha de su madre?— Preguntó enfurecida

—¡Oye, como me haz roto la puerta —Respondió doña Maruja.

—¡Cállate bruja, rechucha de tu madre! ¡Cállate antes de que te agarre a palos! ¿Dónde está ese negro maldito!

Los muchachos de la collera todos estaban parados, casi metidos en la entrada.

—¡Puti sácale la mierda a esa vieja!

—¡Cállense y lárguense, no se metan mierdas!

En ese momento apareció el negro Diablo, con un arma de fuego en la mano y apuntando a la mujer. La Puti se le fue encima y empezó a darle de palos, sin importarle que aquel hombre pudiese dispararle, se veía que estaba enloquecida, no tenía temor a nada. El negro Diablo seguía recibiendo golpes y amenazándola con el arma, hasta que en uno de esos ataques, el revólver voló hacia un rincón, y cuando el hombre trató de recogerlo, recibió un tremendo golpe en la cabeza, que lo mandó a la inconsciencia por unos segundos, cuando se recuperó, ya la Puti tenía el arma en sus manos, y al ver que el delincuente venía hacia ella, esta la activó.

—¡Mierda, mierda me disparaste —

Ella siguió apretando el gatillo, pero el revólver no estaba cargado. El delincuente empezó a reírse, mientras la Puti seguía desafiándolo, en su coraje le arrojó el arma, y siguió dándole de palos, hasta que ya no pudo más.

—¡Negro maldito te voy a matar!

— ¿Que te pasa huevona?¿Que mierda tienes?

— ¡Como al Chichi lo manden a la cárcel, vas a ver lo que te
va a pasar a ti! Te juro que voy a matarte, que crees que
no se lo que le hiciste a mi   hermana, y al Joroba. vuelve
a meterte con mi familia y vas a ver!

Después de eso salió de lugar, parecía estar botando fuego, le había dado tantos golpes al delincuente, que lo tenia atontado, y si paró de hacerlo, fue porque estaba cansada. El negro Diablo nunca había imaginado que una mujer lo venciera así, se confió ante ella, y recibió tremenda golpiza, sin embargo no estaba molesto, se reía, mientras se sobaba el cuerpo por los tantos golpes. Afuera los muchachos de la collera iban detrás de la Puti, iban siguiéndola, y celebrando su guapeza. —¡Puti , Puti eres bien brava !Eres bravota Puti!

¡Lárguense, no me sigan, lárguense, dejen
de mirarme el culo! ¡Lárguense mierdas!

35   <u>¡Oe cholo, bájate de la nube!</u>

Después del gran operativo policial realizado por las autoridades del puerto, como fruto de las investigaciones que se habían realizado, debido a las denuncias llegadas a los principales encargados de la justicia, decidieron ir a más profundidad, para tratar de acabar con todos los males existentes.

En la barriada apareció un nuevo personaje. Llegó con su carretilla a pedal y tocando su bocina manual de aire, produciendo el sonido de la venta de dulces y pan.

—¡Cinco soles de pan y un pudin!

—Esta bien, cinco soles al toque.

—¿Oye tú eres nuevo no?¿Dónde está el otro panadero?

El hombre en su venta, empezó a recorrer toda la barriada, y a conocer a las personas del lugar. Para los niños, el pasar del panadero era siempre de tratar de convencerlo de que les fiase algún dulce, intento que nunca lograban, pero que siempre existía. Los muchachos de la collera le dieron el recibimiento al novato vendedor, quien sólo empezó a sonreír al escuchar las palabras de los niños.

—¡Ya pe cholo un dulcecito, mañana yo voa tener plata, mañana te pago.

Mientras los muchachos hablaban con el hombre, que quedó con la mirada dirigida a otro lugar, de donde venía caminando una hermosa joven mujer. Angelita daba sus pasos en apuro para llegar al ambulante. Los muchachos de la collera inmediatamente la rodearon.

—¡Angelita, Angelita!¿Cómo estás? Te ves linda, muy, bella.

—¡Hola Manolito, siempre me dices lo mismo. Buenas tardes
señor, por favor me puede dar ocho panes?
— Si, como no, pero por favor no me diga señor, mi nombre
es Pedro.

El hombre había quedado hipnotizado ante la belleza de
esta mujer, la miraba de una forma, como si estuviese viendo a
una diosa. Los muchachos de la collera notaron eso; también
observaron el rostro de Angelita, totalmente sonrojado, por ello
empezaron a atacar al vendedor.

—¡Oe cholo, bajate de la nube, ya apúrate dale el pan,
ella no tiene tu tiempo.

La muchacha recibió su compra, y al sentirse nerviosa, se
alejó sin pagar; el hombre ni se acordó de cobrarle, había
quedado flechado, y casi derretido por aquella verdad de mujer

¡Lárguense basuras!

El negro Diablo, se había ganado la antipatía de todo el barrio, y necesitaba que aquello cambiase; por ello pensó en realizar una gran fiesta, invitar a toda la gente de la barriada, cueste lo que cueste. Pero debía conseguir a alguien que lo ayudara. Una persona que sea conocida, querida y respetada por todos.

Los Chatarros estuvieron caminando toda la mañana en busca de la Puti. Sabían que la encontrarían por el mercado del Obelisco, y así fue.

—¡Puti, Puti! Queremos hablar contigo.
—¡Pero yo no!¡No te me acerques rechucha e tu madre!
—¡Puti es pa una chamba, pa que cocines pa una fiesta pe, cobra lo que quieras
—Fiesta, fiesta de quien¡ No te me acerques mierda!
—¡Fiesta del barrio, comida y trago para todo el mundo!

La Puti era una mujer muy joven, y demasiado rebelde; siempre estaba a la defensiva en todo, no confiaba en nadies, y ademas sentía tener la obligación de ser quien solucione los problemas económicos en su hogar, por ello a pesar de que sabía que quien la contrataba era el traficante, tuvo que interesarse en el trabajo.

—Está bien, primero, para cuando y para cuantos tengo que cocinar? ¡Y quiero la plata por adelantado!
—¡Es pa too el barrio, pa' este sábado, y toma aquí tienes mil soles!
—¡Váyanse a la concha de su madre, que quieren comida pa todo el barrio, ja, huevones, paren de cojudearme,

¡No te me acerques, fuera mierdas, fuera!¡Lárguense basuras, enanos concha de su madre!
—¡Pero Puti, es solo pa empezar, la plata te la vamos a dar mas tarde.
—¡Dile al hijo de puta negro, que cuando quiera hacer negocio conmigo, que él mismo venga y afronte, que no me mande a sus enanos. ¡Dicelo carajo!
¡Y también dile que se meta sus mil soles por el culo!

Los Chatarros seguían en su caminar por las calles del barrio, pero esta vez trataban de encontrarse con algunos de los muchachos de la collera, y así se dio el caso.

—¡Oigan piojosos, vengan, vengan aquí.
—¡Piojosos, la concha de tu madre!
—¡Ya, ya, ya!¿Quieren billete o no?
—¡Habla bien pe huevón, habla bien!

Los delincuentes tenían planeado utilizar a algunos cuantos niños, para la distribución de la droga, por ello los delincuentes trataban de convencerlos, Utilizar a los menores era mas rentable. El traficante había empezado a sentir envidia del profesor Chichi, por ello trataba de robarse a los niños que este estaba protegiendo.

— ¿Quieren ganar plata o no?¡El negro Diablo quiere hablar con ustedes!
—Si él hace que suelten al profe Chichi, hacemos lo que él diga!¡Sea lo que sea!
—¡Bien chibolos, ustedes son los mas moscas del barrio, van a ganar guita!

Toni y Manolito, habían caído en las garras de los criminales. Pero ellos trataban de ayudar al profesor. Sentían que algo tenían que hacer. Sin importarles las consecuencias.

—¡Incendio!¡Incendio!¡Incendio!

Los gritos de doña Canacho, quien fue la primera en darse cuenta, al ver la salida de gran cantidad de humo, de uno de los techos de las casas de la barriada. Alertaron al vecindario.

—¡Es la casa de la señora Olinda!
—¡Si, ay Dios Santísimo, Dios bendito!

El fuego empezó a crecer, pero casi todas las personas del lugar salieron a tratar de apagar el incendio. Baldes, tinas, ollas y todo lo que sirviera para arrojar agua, era utilizado, y así poco a poco, lograron controlarlo. Hasta que el vecino valiente derribóa puerta para tratar de rescatar a quien hubiese quedado atrapado por la desgracia.

A lo lejos venía una mujer corriendo, estaba desesperada, dando gritos, nerviosa y llorando enloquecida.

—¡Mis hijos, mis hijos, mis hijitos!¡Déjenme ir por mis hijos!
—¡No señora, ya hay un señor alla adentro buscando sus hijos!
—¡Dios mio!¡Porqué, porqué!¡Dios mio!

La mujer había salido a hacer compras al mercado y dejó a sus hijos dentro de la casa, era costumbre de ella hacerlo, esta vez estaba pagando lasconsecuencias de irresponsabilidad.

La suerte para el vecindario, fue que la desgracia ocurrió al medio día, por ello muchas personas ayudaron a controlar el fuego, y así se evitó que se extendiera hacia otras casas.

La mujer había quedado desmayada debido a la fuerte impresión. En ese mismo momento salió de entre el humo, aquel hombre que estuvo internado buscando dentro de la casa. Traía cargados a dos niños, pero uno de ellos, ya no estaba respirando, la falta de oxigeno lo había ahogado, era apenas un bebé, y nadie sabía que hacer.

Angelita estaba entre la gente. Ella apenas va a empezar a estudiar enfermería, pero sabe que el niño necesita ser resucitado, ser auxiliado inmediatamente, sin embargo tiene temor de atreverse. — ¡Deberían llevarlo al hospital...

Yasevira   llegó al lugar; las personas al verla le comenzaron a rogar para que salve al bebé. Ella sólo caminó hacia Angelita, la abrazó, la iluminó, y le dio valor.

—¡No se amontonen así, hagan espacio, necesitamos aire!
No se acerquen, necesitamos aire!

Las personas obedecieron a Yasevira. Angelita empezó a darle los primeros auxilios al bebe, respiración boca a boca, ella sabía lo que estaba haciendo, pero parecía ser ya demasiado tarde. La gente estaba nerviosa. Yasevira les pidió a todos que rezaran, y así lo hacían, oraban pidiéndole a Dios por la vida del infante. Angelita seguía tratando de salvarlo, no paraba de intentarlo, aunque ya todos sabían que sólo un milagro le devolvería la vida.

—¡Ya está respirando!¡Gracias a Dios, ya está respirando!
¡Ya está respirando, gracias Padre Santo!

La bendición había llegado. Todas las personas se abrazaban, reían nerviosamente al ver que el niño había resucitado, agradecían a Dios. Angelita estaba temblorosa y a la vez feliz por lo que hizo, fue y abrazó a Yasevira.

— ¡Tú la salvaste, fuiste tú Yasevira, yo te sentí en mi, yo te sentí en mi. ¡Yasevira, tú la salvaste!

La madre de los niños ya había vuelto en si, abrazó a sus hijos, y siguió en su llanto, los besaba y les pedía perdón por haberlos dejado solos. La personas seguían en oración y rodeaban a Yasevira, como agradeciendo por el milagro sucedido. Angelita estaba emocionada, y por momentos le rodaban las lagrimas, y no soltaba la mano de Yasevira. El hombre que rescató a los niños, se gano el cariño de toda la barriada, ahora era visto como a un héroe. Para Angelita existía el mismo amor de siempre, que junto a Yasevira se retiraron del lugar, la gente iba tras de estas, comentando lo del nuevo milagro de la niña santa.

Y cuando ya todo había acabado, por fin llegaron los bomberos.

38 <u>¡A mi no me digas mi amor!</u>

—¡Qué no quiero a esa puta en mi casa!¡Qué no se atreva
   a venir aquí!
— ¡Tía cálmese, no me haga molestar, usted váyase a la
   calle un rato, váyase al cine, a donde quiera, si no
   váyase a dormir, pero no joda más¡

El negro Diablo se había acostumbrado a que las
cosas se hicieran como él quería, y esperaba la visita de la
Puti, pensaba que teniendo a ella a su favor, también tendría a
todo el barrio.

—¡Pasa, pasa mi amor!
—¡A mi no me digas mi amor, dime Puti y se acabó,
   no seas huevón!

Después de conversar, discutir y pelear por más de una
hora, llegaron a tener un acuerdo. Ella aceptaría trabajar para
él, a cambio de la libertad del profesor Chichi. La Puti se
encargaría de organizar, todo lo necesario para la gran fiesta, el
negro Diablo correría con todos los gastos.

También, esa misma noche llegarían un par de muchachos de la collera, que caerían en la trampa del traficante, y se dejarían utilizar como distribuidores de la ilícita mercancía, pagando de esa forma, por la libertad del profesor.

—¡No se van a arrepentir muchachos, les voy a comprar ropa nueva, y no van a volver a pasar hambre, sólo quiero que no me traicionen!
—¡Si, pero primero queremos ver que tú nos cumplas!
—¡Mira Manolito y tú Tony, yo soy de palabra, confíen en mi, ahora mismo voy a ordenar que suelten a su profesor!

Cuando los Chatarros se reunieron con el encargado de recolectar el dinero del negocio, también enviaron el mensaje del negro Diablo. El capitán del puesto policial sabía lo que tenía que hacer. El profesor Chichi recibió una pequeña golpiza y los consejos de que no debería volver nunca más a meterse en los asuntos de los traficantes. Fue dejado en libertad, después de dos semana de injusto encierro.

39 ***¡Vieja chucha e tu madre!***

Aquel rincón estaba lleno de mucha maldad; decenas de muñecos sepultados bajo diferentes capas de tierra; prendas y fotografiás en frasco, amarres, cruces en sentido opuesto, velas negras encendidas, imágenes diabólicas, restos humanos, y de animales, huesos, calaveras, hierbas y raíces venenosas, animales disecados y un olor a muerte. Para doña Maruja, esa era la habitación en la que más pasaba sus días, allí se dedicaba a implorarle al demonio. Aunque el dicho diga, una cosa es llamar al diablo y otra verlo llegar; ella si quería verlo, era su sueño. Estaba dispuesta a entregar su alma, a cambio del poder, que sólo quería para hacer el daño.

La mujer había llamado a los Chatarros, buscaba que ellos le hicieran un trabajo.

— Vieja lo hacemos, pero queremos más plata, esto es recontra serio pe.

—¡Más plata!¡No, no tengo más plata, no tengo más plata, después les doy más.

—¡Entonces después lo hacemos!

—¡Nó, no eso tiene que ser ahora!¡Adolfo ya habló con ustedes!

La anciana estaba contratando a los delincuentes, para que asesinaran a doña Maria, asi de esa forma, ella podría tener la custodia sobre su nieta, Yasevira.

—En las tardes la niña está en la escuela, y la maldita
    vieja se queda sola, a esas hora duerme, ustedes se
    meten por el callejón, entran a la casa, le hacen tomar el
    veneno y ya, eso es todo.
—Ta bien, lo vamos hacer, pero como no nos cumplas
    con más billete, te vamos a matar a ti también, vieja
    concha e tu madre, bruja e mierda.
—¡Lárguense, no pierdan tiempo!

Esa misma tarde y sin que hubiese un solo testigo, la mujer fue asesinada. Fue obligada a ingerir el veneno, y quedó tendida en su cama. La gente del lugar pensó que había sido una muerte natural, debido a la edad de la mujer, lo vieron de esa manera.

Para Yasevira fue un día de mucha tristeza, ella fue la primera en encontrar a su abuela ya fallecida. La niña no paraba de llorar, sólo quedó en silencio, escuchando las palabras de todo aquel que se le acercaba a darle el pésame.

La barriada se vestiría de rezos y luto. La mujer era muy querida por su bondad, por ello sería despedida con muchas lágrimas y bendiciones, todo el barrio colaboraría para poder enterrarla, y la acompañarían dándole su despedida.

Yasevira se vio obligada a pasar al cuidado de su otra abuela, doña Maruja, quien vestía de negro, se mostraba muy apenada. Estuvo todo el velorio dando su ayuda, y sirviendo a todo aquel que llegaba, mostrando su tristeza, y sus lágrimas. Mientras en el fondo sabía que era ella la responsable de aquel cobarde asesinato.

40   <u>¡Déjenlo, déjenlo abusivos!</u>

Al llegar el fin de la tarde en la barriada, aparece en su rutina diaria el vendedor de pan y dulces. Iba pedaleando su carretilla y tocando su bocina con el clásico sonido. El panadero se había ganado el cariño de todo el barrio, siendo demasiado generoso y amable, y siempre estába alegre. En verdad la misión de este hombre en el lugar era otra, pero para lograr su cometido, debía mantenerse encubierto.

Cuando Angelita, como de costumbre se acercó al vendedor, él la recibió como si fuese Romeo a Julieta. En la mirada de ambos existía un brillo de atracción que era inevitable. Los muchachos de la collera siempre aparecían, y habían notado lo que estaba sucediendo. Luego que Angelita se retiraba, ellos empezaban en su recurso.

—¡Oe cholo a ti te gusta Angelita no?
—¡Ya tomen un pan cada uno, y váyanse a jugar,
    déjenme trabajar!
—¡Cholo, ella nunca te va hacer caso, es muy bonita para ti!

En esos momentos aparecieron en el lugar los Chatarros, quienes venían hacia los muchachos con intenciones nada buenas.

—¿Quieren dulces? ¡Vengan aquí, vengan les vamos a invitar,
    vengan, muertos de hambre y la concha e su madre!¡Ja, ja!
—¡La tuya reconcha de tu madre!

Al ver que los delincuentes se acercaban demasiado, los menores dieron su escape, pero uno de ellos se resistió a correr, y empezó a ser golpeado por los criminales.

—¡Déjenme!¡ Déjenme!¡Yo no hice nada ¡Auuu!
    ¡Auu!¡Yo no he hecho nada!

El panadero sabía que no debía inmiscuirse en el pleito. Angelita había salido para irse a la escuela, cuando vio lo que estaba sucediendo, corrió a proteger al niño.

—¡Déjenlo, déjenlo abusivos!

Ella se envolvió al caído para cubrirlo y así evitar que lo sigan lastimando. Los Chatarros empezaron a reírse, y en sus burlas se retiraron del lugar.

—¿Estás bien Cutito, estás bien?
—¡Yo no les hice nada Angelita, por gusto me
    han pegado, por gusto!

El panadero se acercó para tratar de ayudar a levantarse a Angelita, pero ella se zafó bruscamente de su mano, y le dio una mirada de decepción, como demostrando su enojo contra este, por no haber hecho nada por evitar el abuso.

41 <u>¡Ya lárguense de aquí !</u>

Yasevira había quedado huérfana de padres, sólo tenía a sus abuelas, pero al morir una de ellas, quedo bajo el poder de la existente.

—Hijita, tú eres lo único que tengo y eres lo que más
quiero, yo se que no quieres vivir en mi casa, por eso
yo voy a quedarme aquí contigo, y voy aencargarme
de que nada te falte.

— Está bien abuelita Maruja.

—No me digas abuela, dime mamá, así como llamabas
a tu abuela María.

—Está bien mamá, está bien.

—Ven déjame abrazarte, déjame que te abrace,
sabes que te quiero mucho.

Doña Maruja, trataba de ganarse la confianza de su nieta; había dejado su casa en manos de los traficantes, para irse a vivir junto a Yasevira y dedicarse por completo a ella. A pesar de todo la niña no creía en esta, y sólo esperaba que algo o alguien la salvara de los días que presentía que estaban por venir.

La fama de la niña milagrosa cada día crecía más, ahora afuera de la casa donde ella vivía, decenas de personas esperaban por verla, llevaban a sus enfermos, y allí se dedicaban a rezar, eso era durante el día y parte de la noche, sólo cuando la niña salía y oraba junto a ellos, estos recién se retiraban; pero después llegaban otros, y volvía a formarse el grupo de personas rogando ser curados, por los rezos de la niña.

Para doña Maruja el tener a toda esa gente rogando en su puerta, empezó a desesperarla, ella no creía en Dios, y no soportaba el ambiente que creaban las suplicas y las oraciones.

—¡Ya lárguense de aquí¡ ¡Vayan a la maldita Iglesia! ¡Lárguense carajo!¡Fuera de aquí!¡Malditos enfermos de mierda!

La mujer estuvo así por varios días, no dejaba que nadies viera a Yasevira, salia y gritaba a todo aquel que allí estuviera, y hasta arrojaba agua de porquería en todo el frente de la casa, parecía estar enloquecida. En verdad la vida de la niña estaba en peligro.

42   <u>¿Negro, y el billete?</u>

—Le llevas estas dos bolsas al Chupo, estas dos a la tía Cela,
   y una bolsa al viejo Pepe, ustedes entréguenselas a ellos, y
   al toque regresan.

—¿Negro y el billete?

—¡Ya están pagas, no se preocupen, yo ya me encargué. Toni
   tú no te separes de Manolito, tú siempre cuidale la maleta.
   Ustedes tienen mucho que aprender, conmigo van a saber
   lo que es vivir la vida.

El delincuente había empezado a usar a los niños, para distribuir la pasta básica de cocaína, este tenía bajo su control a más de una veintena de micro vendedores, y debía abastecerlos para que el negocio no se detuviera. La mayoría de la esquinas dentro de la barriada, eran puntos de venta, y los consumidores llegaban hasta de barrios vecinos.

—¡Diablo, el Chino José dice que ya te mandó la plata con los
   Chatarros, que lo disculpes por el atraso.

—Ta bien, vayan llévenle estás cuatro bolsas, vayan rápido.

Manolito y Toni, entendían el peligro que corrían al estar de mensajeros de la droga, pero se veían obligados a cumplir con el traficante, quien era capaz de asesinarlos, si no hacían lo que este les ordenaba.

—Muy bien carajo, están aprendiendo rápido, Toni y Manolito,
   váyanse y llévenle estas cinco bolsas al soplón del tío
   Grueso, muévanse, no sean huevones, vienen al toque, me
   buscan a los Chatarros, que vengan, ya está amaneciendo.

¡Fiesta en el barrio!

Esa tarde del sábado, había alegría en la barriada. El parque estaba decorado con cientos de cadenetas de colores, y docenas de sillas y mesas, daban ambiente de fiesta, de celebración; la música a todo volumen se escuchaba por varias cuadras. De inmediato, todo el barrio se hizo presente; comidas, dulces, bebidas gaseosas y licor. Era la fiesta que el negro Diablo ofrecía a las personas del lugar.

La Puti, junto a varias mujeres estaban concentradas en atender a todo aquel que viniese al agasajo ofrecido.

—¡A bailar se ha dicho!¡A bailar carajo!

Cuando llegaron los músicos, la salsa empezó a sonar, las botellas de cerveza, aguardiente y vino, estaban por todos lados, y el baile tomó su forma. Por el micrófono se animaba a todos a disfrutar del ambiente.

—Estamos celebrando el Aniversario de Ciudadela Chalaca,
   y hoy todo el mundo a pasarla bien!¡Viva Corongo City!
—¡Chim Pum Callao!¡Chim Pum Callao!¡Chim Pum Callao!

La gente de la barriada sabía que el traficante era el que solventaba la actividad, pero la misma necesidad de todos, hizo que no se opusieran a ser parte de esa alegría.

—¡Gracias al joven Adolfo por su gran aporte para realizar esta actividad!

—¡Eeee, ¡Que viva el negro diablo!

Más de un centenar de asistentes, familias enteras, disfrutando de la gran fiesta. Algunas personas empezaron a gritar el nombre del delincuente, hasta que este tomó el micrófono, y empezó a hablar, agradeciendo a los invitados por su participación, luego invitó a una mujer, que vivía en extrema pobreza y le obsequió dinero.

—!Señora, usted me pidió ayuda para poner un puestecito de frituras, tome este dinero, lo suficiente para que comience su humilde negocio!

Todos los presentes aplaudieron la buena acción del hombre, quien sonreía y se mostraba orgulloso por lo que había hecho.

La noche llegó, y la fiesta tomó su punto, el barrio era pura alegría. La policía del lugar también estaba allí, compartiendo con todos los asistentes. El negro Diablo había logrado lo que quería, ganarse el cariño del barrio.

La Puti se sentía tranquila, sabia que después de la actividad no tendría mas obligación con aquel hombre, pero le preocupaba que por haberse dejado utilizar, le traería el resentimiento de amistades, y el de sus seres queridos.

El ambiente era de baile y desbande, la música salsera de Héctor Lavoe, el Gran Combo, Oscar d Leon, Las muchachas vestidas súper sexy, perreando en su baile de ofrecidas, regaladas a la moda.

Los Chatarros estaban ebrios, trajeron la corona y la capa de rey y se la pusieron al negro Diablo, y empezaron a gritar.

—¡Viva el negro Diablo!¡Viva el rey del barrio!
   ¡Viva el rey de Corongo City!

Todas las personas aplaudieron, y coreaban el nombramiento del nuevo rey. La cerveza empezó a repartirse en cantidad, y los gritos de alegría aumentaban más.

—¡Cerveza pa todo el mundo, a bailar se ha dicho y
   chupar carajo.

El negro Diablo estaba feliz, rodeado de mujeres y repartiendo dinero, como si en verdad fuera un ser poderoso. La gente lo seguía festejando.

—¡Viva el rey del barrio!¡Rey de Corongo City!
   ¡Viva el negro Diablo!¡Viva el nuevo Rey!

44   ¡Son sólo unos niños!

Las calles del lugar volvían a sentir la presencia de los muchachos de la collera. La vuelta del profesor Chichi, traía al barrio la esperanza de un mejor futuro para la juventud de la barriada.

—¡Ustedes no pueden defraudarme, no pueden dejarse vencer,
   tienen que luchar, tener fe en Dios,
—¡Profe, pero Manolito y Toni ya no van a estar en el equipo?
—¡No se preocupen, yo me encargo de eso, ellos van a volver!

El profesor Chichi, estaba indignado, no sabía lo que estaba sucediendo con sus muchachos, y ahora por fin comenzaba a entender el porque de su injusto encierro. Esa mañana el hombre mantuvo a los niños haciendo ejercicios, y juntos a ellos daba su correr, los alentaba a seguir.

El negro Diablo, se acercó al lugar, venía sonriente.

—¿Profesor, puedo hablar con usted?
— ¡Yo también quiero hablar contigo,
   a buena hora te apareciste.

El profesor le pidió a sus muchachos que continuaran en su trote, para poder dialogar con el llegado.

—Profesor quiero ayudarlo, se lo juro por Dios , quiero
colaborar con usted, se lo juro de corazón, la firme se lo juro.
—¡No metas a Dios en esto, no me digas eso.
— ¡Si profe! Tengo dinero y quiero que usted trabaje para mi,
quiero encargarme del equipo, comprarle todo lo que
necesiten los chibolos.

La conversación entre el delincuente y el profesor continuó
por algunos minutos, mas al final no llegarían a tener un solo
acuerdo.

—¡Bien, como digas, pero yo quiero a mis muchachos,
Toni y Manolito, ellos no son traficantes, son sólo
unos niños, devuélvemelos, y volvemos a hablar.
—¡No profe, entienda, ellos ya son míos, y nadies me los
va a quitar, no se atreva a tratar de hacerlo, porque
está vez, se lo juro que lo voy a desaparecer del
barrio, ¡Se lo juro, por el alma de mi puta madre!

El profesor no continuó la discusión, prefirió ignorar las
amenazas del hombre, quien se retiró del lugar. Todos los
muchachos corrieron y rodearon al profesor.

—¡Profe Chichi, nunca le vamos a fallar!¡Nunca profe!
—Tranquilos muchachos, confió en todos ustedes,
Toni y Manolito van a volver, ¡Si no que Dios me
castigue, ellos van a volver!

45   ¡Dios de los Infiernos!

Desde que se mudó a vivir junto a nieta, la envejecida mujer no había podido dormir. Ella decía que cada vez que cerraba los ojos, veía el rostro de la difunta, el de doña Maria, por eso no podía encontrar descanso en aquella casa. Se la había pasado quemando conjuros, para ahuyentar los espíritus en su contra, para atraer a las fuerzas a su favor.

Esa noche de luna llena, era la que había estado esperando, era la noche para ofrecer su sacrificio al mismo demonio. Para entregar la vida del ser que mas quería.

Doña Maruja conocía todo tipo de hierbas, todo tipo de embrujo, todo lo que era maldad. Por ello preparó un calmante, una especie de adormecedor, para luego dárselo a beber su nieta; la niña no se dio cuenta y lo injirió, la mujer lo había mezclado en la comida. Doña Maruja quería tener la presencia del demonio, para ello iba a sacrificar a Yasevira. En su ritual, preparó la mesa, la cubrió con un manto oscuro, la rodeó de velas negras, encendidas, roció sobre el manto un extraño liquido y polvos de azufre. Mientras preparaba el lugar, rezaba implorando al satan. empezó a llamar a su Dios, al ángel de los infiernos. La mujer se veía enloquecida. Yasevira estaba en la cama, dormida, drogada por los efectos de la dosis recibida; la anciana tomó fuerzas, y trasladó cargando a la niña hasta llevarla a una mesa, donde la acostó. tomó un ave negra, y la degolló, rozando al animal por todo el cuerpo de la menor, luego se hizo un corte así misma, en una de sus manos, dejó que su sangre cayera sobre el rostro de la niña, y empezó en su invocación a las fuerzas oscuras del mal.

—¡Dios de los infiernos, rey de las tinieblas, poderoso, yo tu
   fiel servidora, te imploro, ruego tu presencia en este
   momento, aquí te entrego la vida del ser que más quiero!
   ¡Dios de los infiernos, ven a mi, ven a mi, ven y recibe este
   sacrificio que te ofrezco!

La mujer tomó un pequeño y fino manto, lo extendió
sobre el pecho de Yasevira, luego sacó un filudo puñal, se
acercó a la niña, casi estaba sobre ella, y seguía implorando a
su dios.

— ¡Oh mi señor, se que estas conmigo, aquí tiene mi ofrenda,
   te entrego la vida de mi nieta, da tu presencia, recibe este
   sacrificio que te ofrezco!

Por momentos lloraba, luego reía, estaba enloquecida
totalmente, levantó el puñal con intenciones de traspasar el
corazón de su sacrificada. En ese momento la habitación se
iluminó de potentes luces, y figuras enceguecedoras, y
comenzó una lucha del bien contra el mal. La mujer no podía
ver y empezó a gritar y a usar el puñal. La sangre salpicaba por
todos lados, ella continuaba gritando, desesperada, y seguía
apuñalando, luego se desmayó y cayó al suelo, totalmente
cubierta de sangre.

Debido a los gritos los vecinos se acercaron a la casa,
tocaron la puerta y al ver que nadies respondía, se atrevieron a
forcejearla, a romperla, para luego encontrarse con un cuadro
de horror, una imagen indescriptible y olor a muerte.

La niña estaba tendida sobre la mesa, cubierta de sangre,
y la anciana caída en el suelo, todavía podía respirar, pero ya
nada se podía hacer por ella, su cuerpo había recibido más que
muchísimas puñaladas, ella se había traspasado a si misma,
Yasevira no tenía ni una sola herida, y aún continuaba
adormecida.

46 <u>¡Dios bendiga a esas dos criaturas!</u>

Había una gran amistad entre ellos. Él la conocía desde muy niña, casi la había visto crecer, correr por las calles del barrio, y siempre engreírla, complaciendola en todo lo que quería. Pero los años habían pasado, ahora ella, era toda una mujer.

El profesor Chichi, prefirió seguir sus pasos e ignorar la presencia de la Puti, pero ésta no era fácil, por lo mismo fue tras él, sentía que debía de aclarar las cosas.

—¡Chichi!¡Chichi!¡Chichi qué te pasa? Que tienes?
¡Oye estoy hablando contigo!
—¿Qué quieres? ¡Por favor déjame tranquilo, por favor!
—¡No, nooo, tenemos que hablar!¡Chichi óyeme, oye!

El profesor escucharía todo lo necesario, para entender el porqué de la amistad o la relación de la Puti con el negro Diablo. También comprendería el porqué es que sus muchachos, Manolito y Toni, estaban dejándose utilizar por aquellos abusivos comerciantes del vicio.

—Perdoname Puti, perdoname por favor, yo no sabía,
y gracias por lo que hiciste, dile a Manolito y a Toni,
que quiero hablar con ellos.
— Chichi, ellos tienen vergüenza, por eso no te dan la cara.
—¡Nooo, ellos no tienen porque sentirse así, ahora entiendo
porqué siempre se esconden, Dios bendiga a esas dos
criaturas.

El hombre al escuchar y entender lo que ocurría, no sabía
como reaccionar, quedó confundido, pero comprendió que
tenía que rescatar a esos menores, de las manos de aquellos
criminales, porque tarde o temprano terminarían siendo
victimas del vicio.

47 ¡No puedo creerlo!

El capitán Carlos Riquelme, fue asignado para averiguar la realidad que había dentro de la barriada. Ya casi tenía un par de meses de trabajo en esta, y empezaba a entender la verdad y la gravedad de los problemas que existían. Para poder comprobar todas las denuncias existentes, estuvo en forma encubierta, haciéndose pasar por un vendedor ambulante. Sólo que surgió algo no programado, se había enamorado, y ese amor era por una mujer que vivía en aquel lugar.

Esa mañana estacionó su automóvil, en una de las calles principales del puerto, algo lejos de la barriada, donde no pudiera comprometer su investigación. Angelita descendió del microbus, era su costumbre transportase al centro de la ciudad, para dirigirse a la escuela, ella dio sus pasos, algo apurada. El hombre bajó de su vehículo, y se puso en el camino de esta, ella al verlo sintió su corazón acelerarse, conocía ese rostro, pero lo vio como un no puede ser, y siguió su andar.

—¡Angelita, Angelita soy yo, soy Pedro, el cholo, el panadero.
—¡Dios mio, Pedro, no puedo creerlo!

Ella al verlo vestido con el uniforme de oficial de policía, no podía entender lo que estaba sucediendo.

— ¡Ven Angelita, ven sube al auto, no deben verte conmigo,
   es peligroso para ti.
— No, no, no puedo, por favor, tengo que irme,
   tengo que irme.
—¡Esta bien, ahora sabes que soy policía, estoy arriesgando
   mucho al decírtelo, pero confío en ti, y no soy ningún
   cobarde, promete que guardaras el secreto.
—Está bien, Dios mio, no puedo creerlo ¡Por favor dejame ir.

La muchacha no salía de su asombro, y en su risa
nerviosa, escucharía al hombre y entendería la situación
existente. Luego de una fugaz conversación, él se retiraría y
ella seguiría su andar.

48   ¡Es una niña!¡Es una niña!

Al haber fallecido sus abuelas, que eran los únicos familiares cercanos a ella, Yasevira había quedado en el abandono. Por ser esta una menor de edad, tenía que vivir bajo el cuidado de algún adulto, Las personas de la barriada, habían pedido al Cura de la Iglesia, que se hiciera cargo de su crianza , y este conociendo la historia de la menor, inmediatamente empezó los tramites para obtener en forma legal, la custodia de la niña.

—Yasevira, quiero que vengas a vivir a mi casa, tú no puedes
    quedarte sola, yo y la Puti te vamos a cuidar.
— Está bien Angelita, gracias por ayudarme,
    yo estaba llorando.
—Si, yo se, eres una criatura, tu carita se ve muy triste,
    ya no vas a llorar, en mi casa no hay nada, pero tú lo
    vas a tener todo.
—¿Angelita, tú estás llorando?
— No, no, es algo que me cayó en los ojos.
—Angelita, oye, yo había pensado en ti, parece que Dios
    te hubiese enviado.

Después de la desgracia ocurrida, Yasevira quedaría viviendo en la casa de sus vecinos. Angelita le rogó a su padre, para que permitiera que la niña viviera con ellos. Al principio el hombre se opuso.

— ¡No, no la quiero aquí, esa niñ esta embrujada!
— ¡Papá!¡Tú no eres así, ella necesita ayuda!¡Es una niña! ¡Es una niña!.

Angelita soltó sus lágrimas y se retiró, luego volvió ante el hombre, seguía en su llanto, abrazó a su padre y se arrodilló, rogándole para que acepte a la niña.

—¡Nooo, levantate hijita, está bien, está bien, que venga a vivir con nosotros, perdoname, no sé que me pasó, no sé, debe ser por el maldito alcohol!

Ahora Yasevira tenía un nuevo hogar, por suerte ella nunca vio el cuerpo destrozado de su abuela; pero estaba traúmada por lo que seguía viviendo. Gracias a la bondad de sus vecinos, por fin había hallado la tranquilidad.

 <u>**"El Cura Romero"**</u>

Cuando el señor Cura llegó a la barriada, iba acompañado de un par de guardias civiles, y con intenciones de reclamar la custodia de la menor. En sólo minutos apareció casi toda la gente del lugar, algunos para apoyar al religioso.

—¡Dios lo bendiga señor Curita, llévese a la niña por su bien.

Y otros para oponerse a lo que este buscaba.

—¿A qué viene, qué quiere?¿Ahora se acuerda de los pobres? ¡Usted no se va a llevar a Yasevira!¡Lárguese de aquí!

Al oír el toque a su puerta, Angelita atendió al llamado, no esperaba tal visita.

— Buenas días señorita, soy el Cura Romero, y sé que aquí está viviendo una niña, su nombre es Yasevira Henriquez, quería saber si podía verla?
—Si, aquí está viviendo, perdóneme si no lo dejo pasar, pero primero quiero saber si ella quiere recibirlo.

—Hija, vengo en nombre de Dios, confiá en mi.

—Señor Cura, con todo respeto, siento que Dios me dice
que debo saber primero si ella quiere recibirlo, perdóneme
si cierro la puerta.

La puerta no volvería a abrirse. Cada vez eran más las personas que se acercaban para saber lo que estaba sucediendo. Los guardias civiles al ver aquello y sabiendo que el Cura no poseía la documentación debida, para poder llevarse a la niña, prefirieron marcharse; el religioso quedó en la espera. Yasevira no quiso hablar con él, como que presentía el motivo de aquella visita. Al final el religioso también se retiraría, dejando a decenas de personas en sus rezos, esperando la salida de la bendecida.

   # *¡Vamos a campeonar!*

Los muchachos de la collera empezaron a correr, en un segundo ya estaban en la puerta del profesor Chichi.

—¡Profe, profe un oficio para un festival.
—Déjenme abrir el sobre,,, ¡Ya está abierto!
—¡Es del San Román profesor!
—Si, nos están invitando a un festival para este domingo.

El profesor Chichi, sabía que no iba a ser fácil, que la mayoría de los equipos participantes tenían más preparación que ellos, pero está vez, él necesitaba hacer que sus muchachos tomaran experiencia, y que si su equipo lograba el triunfo, se ganarían el respeto y el cariño de toda la barriada.

Los niños estaban emocionados, era la primera importante participación que tendrían en un evento deportivo, por suerte estaban preparados, aunque un poco apenados porque no contarían con dos de sus jugadores, especialmente sentirían la falta de Toni, que era el habilidoso del equipo; pero sabían que

no podían detenerse ante nada, que este era el momento para
el que habían trabajado.

—Profesor, el Pollo nos dio el oficio y dijo que venía un
    equipo de Puerto Nuevo, y uno de Chacaritas, y que el
    negro diablo también va a presentar un equipo.
— No se preocupen, todavía tenemos tiempo.
    Profe si el Manolito y el Toni ya no van a juga
    pa nosotros, ¿Porqué no les pedimos las camisetas?
    No, ellos van a volver, yo lo sé, lo sé. Cuto, Bateria,
    Zurdo, Bobo, Goyo, Raton, Fany, ustedes son el corazón
    del equipo y confio en ustedes, vamos a campeonar.
—¡Si profesor!¡Vamos a *campeonar!*¡*Vamos* a campeonar!

Para el delincuente, esta era una buena oportunidad para asegurar su futuro. Sabía que el negocio de las drogas no iba a ser para siempre, y ya tenía planeado retirarse de este. Estaba cansado de esa vida, se sentía arrepentido de las maldades que había hecho, y pensaba en que ya era tiempo de rehacer su camino.

Al fallecer doña Maruja, él se encargó de todos los gastos del sepelio, y así hizo creer a todo el lugar, que él era un pariente lejano de la difunta mujer.

Ahora el negro Diablo, había empezado a invertir en reconstruir la vivienda que ilegalmente había heredado. En pocos días ya la casa lucia diferente, y de la nada, la barriada tenía una nueva cantina. Empezó a hacer correr la noticia de que necesitaba un par de muchachas para el lugar, para que atendieran a los clientes, y ofrecía un buen salario a la que se atreviera a laborar para él; pero la verdad lo que quería era atraer a la Puti, el tipo estaba enamorado de ella, decía que sería la única mujer que lo cambiaría, por eso empezó a tender su telaraña, buscando que esta cayera.

—Ella tiene que ser miá, tarde a temprano vendrá a buscarme.
— Diablo la Puti no quiere nada contigo
— ¡Calláte enano concha de madre, vayan y díganle
  que quiero hablarle!
— ¡No quiere, ya sabe pa que es, no quiere la huevona,
  dice que ella no es puta, y me metió un cachetadon,
  esa huevona es bien brava.

Esa noche de viernes, se inauguro "La Cantina del Diablo" y fue un lleno total, música del salsa y boleros corta venas, le dieron el ambiente clásico chalaco. El lugar empezó a ser la sensación del barrio, sobre todo porque permitía a los clientes consumir cocaína, y tenía una habitación para relaciones sexuales, con alguna de las prostitutas que este tenía a su servicio.

El delincuente empezó a llenarse de dinero, por el trafico de drogas, por la venta de alcohol y la prostitución en su local, era un negocio redondo, tenía la protección de la policía, y no existía quien se atreviera a detenerlo.

<u>"La Cura"</u>

El mar empezó a correr por sus venas. Su sangre parecía estar hirviendo, como quemando basura, como un volcán sellado buscando abrirse para estallar. Sudaba como si se disolviese. Las sabanas chorreaban pesadillas de pesadillas llantos de llantos. El hombre estaba dormido, luchando por despertar, y no podía. Gritaba pero sus gritos eran mudos. Sentía caer a un abismo, hasta el mismo infierno, luego elevarse, tan alto que veía a los ángeles, lo protegían, tenían enormesimas espadas, y los ojos abiertos, como camaleones enfurecidos.

Dio un fuerte grito, y despertó, sus hijos estaban a su alrededor, secandole el sudor, sosteniéndolo, mojando su frente para bajarle la fiebre.

—Tranquilo papá, tranquilizate, estás enfermito,

Al ver a los suyos, el hombre sintió haber vuelto a nacer. Angelita le acariciaba el rostro, mientras la Puti trataba de cambiarle las sabanas y la ropa, totalmente mojadas debido a la alta temperatura que había en el cuerpo de don Pepe. El Joroba, aun lado sólo observaba, tenía los ojos llorosos, les pedía a sus hermanas lo dejasen llevarlo al hospital, temía que se muriese, pero Angelita lo tranquilizó diciéndole que lo peor ya había pasado.

Afuera de la habitación, casi a oscuras, estaba Yasevira, en un rincón, arrodillada, rezando y pidiéndole a Dios por la vida del hombre. Lloraba y temblaba a la vez, era tanto su ruego que por instantes se elevaba unos centímetros del suelo, ella no lo sentía, no se veía, estaba como fuera de su cuerpo, como suplicando ayuda celestial, hasta que volvió a ella, y se levantó. Seguía rezando, pero ya tenía una ligera sonrisa de felicidad, sus ruegos habían sido escuchados.

En ese instante, Angelita salió de la habitación y vio a Yasevira.

—Dios mio, niña que susto! Que haces aquí, vamos a tu cama!

—Angelita no llores, él ya esta curado, esta libre de todo mal.

Angelita quedó mirando a la niña, creía en ella, sabía que con sólo su presencia nada malo sucedería en su casa, había una conexión entre estas, tal vez la pureza de espíritu que tenía la joven mujer y la inocencia y fe de la niña.

53 ¡Oremos hermanos!

La gente empezó a llegar de otros lugares, los milagros de curación de Yasevira, empezó a atraer a muchísimas personas. Algunos venían con flores y regalos para ella, hasta depositaban dinero en una alcancía de madera, que uno de ellos mismos había fabricado, para ayudar a la menor, ya que sabían de la pobreza de esta. Allí quienes se sentían curados, iban a agradecerle, y rezaban junto a quienes esperaban recibir el milagro.

—¡Oremos hermanos, pidámosle a Dios para que nos la envíe!

—¿A que horas va a venir?

—¡Tengan paciencia, ella sabe en que momento va a hacerlo!

La Puti, Angelita y el Joroba no sabían que hacer, ni que decir, sólo esperaban que Yasevira saliera a ayudar a esas personas, pero ella sólo se mantenía en silencio, y se dedicaba a leer la biblia.

—¡Yasevira, qué le decimos a esa gente que está allá afuera

—No sé, yo no sé, diles que todavía estoy rezando por ellos.

—¿Porqué no sales un ratito?

—¡Está bien, está bien!

Al abrirse la puerta, algunas personas se arrodillaron ante la niña, pero esta les   pidió que se levantaran, y empezó a tocar a los enfermos, algunos se desmayaban al sentir su mano. Luego les dijo que oraran junto a ella. La gente se sentía feliz. La recibían como a una santa, como si fuese la enviada de Dios. Después de rezar por mas de una hora junto a estos, Yasevira se retiro. Las personas se marcharon a sus hogares, sabían que habían sido bañados por la bendición de Dios, gracias a los rezos de la niña.

El festival de futbito había comenzado. El San Román era el organizador del evento, pero quien había financiado todo, era el negro Diablo. por lo tanto, era quien manejaba a su antojo las reglas a seguir. Habían sido invitados seis equipos, quien perdía un juego, automáticamente quedaba fuera. En el primer partido, el San Román eliminó al equipo de Chacaritas, fue un partido muy reñido. En el segundo juego, el Corongo SB, que era el equipo del delincuente, había ganado en juego extra, penales y trampa, a los del Torino, un equipo poderoso de la zona. Ahora venía el tercer partido, esta vez el turno del Sarita Colonia, en contra de un equipo llegado de otra barriada, los Tiburones de Puerto Nuevo.

La ventaja del Sarita Colonia, era que estaba jugando en su propio patio, por eso tenía el apoyo de casi todo el público. El profesor Chichi sabía que el juego no iba a ser fácil, que el rival era uno de los más fuertes y experimentados.

—¡Muchachos, confió en ustedes, jueguen como saben hacerlo, no se metan atrás, este es su barrio, estamos en Corongo, y en Corongo el Sarita tiene que ser el mejor.
— ¡Sarita!¡Sarita!¡Sarita!
¡Sarita!¡Sarita!¡Sarita!
— ¡Bien muchachos a la cancha, a ganar!¡Vamos a demostrar que somos los mejores! ¡Vamos Sarita!

El juego comenzó, toda la gente daba su apoyo al equipo de la Santa Chalaca, el Sarita Colonia. Los Tiburones empezaron a dominar el juego, se dieron cuenta de que su rival estaba temeroso, y de tantos ataques, lograron anotar el primer gol.

—¡Gol de los Tiburones de Puerto Nuevo!
¡Goool! Gol de los visitantes!

Pero ese sería el único gol que harían. El Sarita cambio su actitud, empezó a dar su ataque, a marcar con más presión. El Goyito se escapa, quiebra a un par de sus rivales, se la pasa al Zurdo y en primera anota el gol del Sarita.

—¡Gol del Sarita Colonia!¡Golazo del Zurdo!
¡Gol carajo!¡Goooool del Sarita Colonia!

Así terminaría el primer tiempo. El profesor Chichi empezó a hablar con sus muchachos, y eso sería la clave para poder vencer al contrario.

Bobo vas a entrar y tu Colorao vas a marcar al que le dicen Pescao, olvidate de los demás, tú lo eliminas, no lo dejes, rompelo con todo. Zurdo, Goyo, sigan igual, guapeando, como dice Jano, hacha y machete, tu Fani, no te salgas mucho del arco, saca la pelota más rápido, pa lante.!

Todo el publico de la barriada apoyaba al Sarita, sabían que el profesor Chichi había hecho un buen trabajo, no sólo rescatando a los muchachos del caer en los vicios, si no también había logrado un magnifico equipo y de buenos jugadores. Los Tiburones tenían la fama del campeonar en todos los certámenes que participaba, pero estaba vez se habían encontrado con un rival del que nunca se olvidarían.

Empezó el segundo tiempo, ambos equipos estaban nerviosos, sabían que el perdedor estaba eliminado.

El Sarita empezó a tomar todo el control, los Tiburones no encontraban la brújula, las ordenes del profesor Chichi, estaban funcionando, Goyito da su escape, pateá y gol.

—¡Gol del Sarita!¡Golazo de Goyito!

Los Tiburones empezaron a ponerse agresivos, debido a su impotencia para llegar al arco del Sarita. El Cuto y el Ratón están convertidos en una muralla, igual el Batería y el Colorao han desaparecido al que era el motor de los Tiburones. El juego sucio empezó a regir, el arbitro dejaba jugar, parecía que estaba disfrutando de ver tanta bravura, hasta que llegó el final, el Sarita Colonia había ganado su primer partido.

—¡Sarita! ¡Sarita! ¡Sarita!
¡Sarita! ¡Sarita! ¡Sarita!

55 <u>¡En nombre de Dios!</u>

—¡Señor Obispo, por favor entienda, tiene que ayudarme,
   esa niña es una Santa, está haciendo milagros!
—¡Por favor, Romero, usted es una persona seria,
   no hable tonterías!
—¡En nombre de Dios, señor Obispo es la verdad, la niña
   está haciendo milagros!

Esa misma tarde el Cura Romero consiguió la autorización para tramitar, y poder obtener la custodia de la menor. Y esa misma tarde fue a visitarla.

Yasevira de un momento a otro estaba enferma. La niña había empalidecido, apenas podía hablar, no tenía fuerzas para nada, ni siquiera podía caminar. En la barriada todas las personas se enteraron de lo que estaba pasando con ella. Por ello todo un gentío se puso en oración pidiendo por en bienestar de la menor.

Cuando el Cura llegó, las personas presentes lo recibieron con bendiciones. El hombre de la Iglesia iba acompañado de otro religioso, enviado por el Obispo. Al llegar a la casa, Angelita los recibió, e ingresaron inmediatamente al lugar, y encontraron a la niña acostada en la cama, estaba dormida.

—¡Señor Cura, ella está un poco enferma, por eso
    la vamos a llevar al hospital.
—En verdad nosotros hemos venido por ella, desde ahora
    en adelante la niña está bajo el cuidado de la Iglesia.

Los Curas notaron el desacuerdo en el rostro de quienes cuidaban a Yasevira, y para que estas no entendieran lo que ellos iban a hacer, los religiosos se hablaron palabras en otro idioma, en Latín, en ese mismo instante la niña despertó, los miró, y les respondió a las preguntas que ellos se hacían, les respondió en Latín, y volvió a dormirse profundamente. Los hombres quedaron boquiabiertos, enmudecidos.

Afuera la cantidad de personas cada vez aumentaba más, y empezaron a prender velas y a rezar con más fuerza.

56 ¡Bien, vamos al penal!

El festival de futbito seguía en su rumbo. Habían clasificado tres conjuntos. Los organizadores decidieron que uno de los equipos, mediante un sorteo, pasaría a la final, y descaradamente, el elegido que salió en ventaja fue el Corongo SB, por lo tanto el juego de la semifinal se daría entre el San Román vs. Sarita Colonia. El profesor Chichi sabía que el partido sería imposible de ganar. El San Román, está vez no se dejaría sorprender, además estaban en su día, habían mejorado en su juego, lo tenían todo a favor, hasta los árbitros. El negro diablo estaba alegre y celebraba su pase directo a la final.

Toni ahora era la estrella del Corongo SB, igual Manolito. Ambos sabían que el Sarita Colonia no tendría suerte sin ellos, por aquello se sentían entristecidos; más aún, cuando recibían la mirada y el silencio de quienes habían sido sus mejores amigos.

—Nos ven como si fuéramos unos vendidos.
—¡Ignoralos, no los empelotes, no saben nada!
—¡No puedo Toni, son mis amigos!
—¡Entonces vete con ellos huevon, no jodas mas!

El juego estaba por comenzar, el negro diablo aplaudía a los muchachos del San Román, y hasta les prometió regalarles un juego de camisetas nuevas, si goleaban y humillaban al Sarita Colonia.

El profesor Chichi por primera vez se mostraba nervioso, habló con los suyos y así salieron a la cancha, y sucedió algo no esperado. La mayoría de los espectadores aplaudieron con mucha fuerza al equipo del Sarita Colonia, mientras que el San Román fue totalmente ignorado.

El arbitro dio el pitaso inicial y empezó a rodar el balón. El San Román tomó el control, parecía un equipo lanzando misiles, por sus constantes ataques; pero el Sarita volvió a crear su muro, impenetrable, imbatible, el problema era que no tenía ofensiva, por lo tanto, estaba destinado a ser vencido, un solo error y caería al vacío. El San Román en su desesperación por anotar, empezó a crear un juego brusco, no sólo físico, si no también verbal, buscaba la manera de derretir la fortaleza de su rival, mientras que el publico seguía alentando a los debutantes, el partido cada vez se hacia más interesante, dos equipos de la misma barriada, uno obligado a ganar y el otro buscando que ganarse el respeto. Hasta que sucedió lo que estaba predecido

—¡Penal!¡Penal! ¡A favor del San Román!

¡Penal!¡Penal!

El Cuto en su marca había caído el un juego demasiado brusco, y derribó a un rival dentro del área, por suerte sólo le dieron tarjeta amarilla. El negro Diablo, a pesar de que no era su equipo el que estaba jugando, fue y le exigió al arbitro la tarjeta roja, pero este su opuso. El juego tuvo que detenerse, para buscar otro juez. Debido a que el delincuente en su coraje había golpeado al arbitro, y este renunció a seguir con su función, por falta de garantías para él. Cuando por fin consiguieron al nuevo encargado, se reinicio el partido.

—¡Bien vamos al penal!

El San Román ejecutó el penal y así logró su primer gol.

—¡Gol de San Román!

Ahora el Sarita Colonia, tenía que cambiar su sistema de juego, pero no encontraba la forma de hacerlo, si salían a buscar el gol, descuidarían su defensa, y para poder llegar en ataque, debían de hacerlo en conjunto, eso complicaba todo para ellos. El juego se hizo mucho más brusco, el nuevo arbitro era uno de los títeres del negro Diablo, todos los asistentes empezaron a pedir el cambio de juez, sabían que no era imparcial, y que en cualquier momento saldría con una de las suyas, y así fue, el juego era de golpes y empujones, hasta que llego otro penal, de una falta inexistente.

—¡Penal!¡Penal, mano en el área!

El profesor Chichi, solamente guardo silencio, entendía que era inútil discutir, ya el juego estaba arreglado a favor del organizador. Algunas personas del publico ingresaron al campo para insultar al arbitro, después de unos minutos todo se tranquilizó. Así se cobró el penal, que fue el segundo gol del San Román y el final del primer tiempo.

¡Yo soy hija de Dios!

La barriada estaba pasando por momentos que serían irrepetibles. Por un lado el ambiente que creaba el festival deportivo, y el otro de un carácter religioso.

Más de un centenar de personas en los alrededores de la casa, en donde ahora
vivía Yasevira, continuaban en sus rezos y cantos. Rogando a Dios por la salud de la niña. Los Curas de la Iglesia Católica, se habían retirado, no pudieron llevarse a la menor. Decidieron ir en busca de un doctor, y tratar de volver está vez, con el mismo Obispo de la ciudad.

Cuando Manolito supo de la condición de Yasevira, corrió a verla.

—Yasevira, yasevirita, que te pasa, tas enfermita?

—No, yo estoy bien, no te preocupes por mi Manolito.

—Tú no te ves bien, porque no te van a llevan al hospital?

—Si, mañana me van a llevar.

—¿Porqué no te llevan ahorita?

— Manolito, yo soy hija de Dios, nada me va a pasar,

—Yasevira, sabes estamos jugando pal equipo del
negro Diablo.

—Si, yo lo sé, Manolito, dile a Toni que haga lo que
su corazón le dice, que no tenga miedo.

En ese momento llegó Angelita, y le pidió al niño que se
retirara, para que dejara descansar a la menor, pero antes de
que éste se marchase, Yasevira le hizo una promesa.

— ¿Manolito, te acuerdas del vestido de princesa
que me regalaste?
—¡Si, nunca te lo haz puesto.
—Escúchame, voy a ponérmelo para mi despedida.

El menor contempló a Yasevira, la abrazó y empezó a
llorar, igual ella. Luego se retiró, dejándole la más tierna
mirada que un niño pueda expresar.

El profesor Chichi, comprendía que sus muchachos estaban teniendo un partido demasiado difícil. Sólo les dijo que siguieran como estaban, que si caían vencidos, lo hicieran luchando por vencer. En esos momentos ocurrió lo inesperado, aparecieron Manolito y Toni, vestidos con el uniforme del Sarita Colonia. las personas del público comenzaron a aplaudir. El profesor Chichi los recibió con una sonrisa de yo sabía. Toda la collera se hizo un abrazo. El negro Diablo estaba furioso, decía que según las reglas ellos no podían jugar; pero los del San Román aceptaron que si lo hicieran.

—¡A la mierda las reglas!¡Ya basta de tanta mierda,
tantas pendejadas!

El dirigente del San Román se acercó al negro Diablo, y le dijo que ya estaba cansado de sus abusos, y ordenó que cambiaran al arbitro.

—¡Olvídense del regalo, se jodieron!—Dijo el negro diablo.
— ¡No lo queríamos tampoco! — Le respondieron los del
San Román.

De un momento a otro, todo se había puesto en orden.

Ahora el Sarita Colonia, estaba completo. El regreso de Toni, era el regreso de la fuerza de ataque. A pesar de que estaban perdiendo, el equipo salió más fuerte que nunca.

Todo el publico aplaudió al San Román, por su demostración de legalidad, y la presencia de un nuevo arbitro que seria imparcial. El juego empezó, y parecía repetirse el primer tiempo, pero no, Toni estaba bendecido, imparable, y el San Román cayó en el error de creer que ya tenía el juego ganado. El Cuto rompe con todo, rechaza un balón, que cae a los pies de Toni, que en primera, patea al arco y anota un increíble gol.

—¡Gooool del Sarita!¡Gooooool del Sarita!
¡Gooool Carajo!¡Gooooool!

La gente que miraba el juego estaba incrédula de lo que estaba viendo, hasta los del San Román aplaudieron el gol, reconociendo el coraje del rival.

El partido siguió, el Sarita Colonia empezó a crecer, a pesar de que su ataque estaba basado en un solo jugador, pero que esa tarde corría como si fuesen dos.

El Zurdo roba un balón, quiebra a uno, se va y es derribado dentro del área. El público grita enfurecido, y el árbitro demuestra su presencia.

—¡Penal!¡Penal!¡Penal!¡Penal a favor del Sarita!

El profesor Chichi pide al Goyito que se encargue de ejecutar el tiro. El público invade la cancha para observar el penal desde adentro. El árbitro ordena que se retiren, de lo contrario suspendería el partido, Los nervios están de ambos lados. Los del San Román tratan de hacer cambio de arquero, pero el juez no lo permite. El Goyito mira hacia el cielo, se persigna, y pateá. El arquero por poco la detiene, pero la pelota llega a cruzar la linea y el arbitro convalida el gol.

—¡Goool del Sarita!¡GooOOL!

Vuelven a surgir los problemas, y otra vez cambio de arbitro, pero ya el juego se había empatado.

El partido estaba por terminar. El San Román sale con todo, el equipo se va adelante, quiere ganar a toda costa, pero esa era la tarde de Toni. De un rebote, la bola es suya, va solo contra el mundo, rebasa a uno, a dos, a tres, al arquero, pero pierde dirección y desde un angulo imposible de anotar, increíblemente, casi cayéndose, logra hacerlo, anota el gol, y al segundo termina el juego. El Sarita Colonia, había vencido.

—¡Sarita! ¡Sarita! ¡Sarita!
¡Sarita! ¡Sarita! ¡Sarita!

Los del San Román se acercaron al profesor Chichi, estrecharon la mano con este, y así, aceptaron su derrota. El Sarita Colonia estaba en la final.

"Operativo Anti diablo"

Ese era el día, no había tiempo que perder. El capitán Riquelme estaría a cargo del comando, y más de cien efectivo de la policía nacional, darían su participación en el operativo llamado anti diablo.

La barriada siempre había sido difícil de controlar, sus calles deformadas, callejones angostos, a veces sin salida, y el peligro de ser atacado por alguna multitud enfurecida.

¡Tenemos cuatro entradas, nos vamos a dividir en cinco grupos, esta es la uno, Av. Argentina, esta es la del Obelisco, la tercera, Don Bosco, y esta entrada la del Atalaya. Un grupo irá junto al fiscal, hacia la comisaría, a detener a los malditos corruptos.

El Capitán Riquelme, había estado en la barriada en forma encubierta por casi dos meses, que fueron suficientes para que consiguiera las pruebas, con las cuales podía acabar con toda la mafia policial y el trafico de drogas que estaba dominando todas las calles del lugar.

"La Final"

El juego tenía que darse. Era la final, y todo el barrio estaba pendiente a ver lo que iba a suceder. El profesor Chichi sabía que en un juego limpio, sus muchachos harían un buen partido, pero conociendo al negro Diablo, tenía que estar preparado para lo más inesperado. Por ello empezó a hablar con los suyos.

—Escuchenme, confio en ustedes, sólo tienen que obedecerme, si les digo no avanzen, no avanzen, si les digo con todo adelante, es adelante. Muchachos hagan lo que les digo, por favor... Confio en ustedes.

Para el negro diablo, saber que al perder a Toni, su equipo no funcionaría, lo tenia amargado, por ello recurrió a los del San Román, y así con los participantes ya eliminados, podría reforzarse y tener un mejor equipo, pero su idea no funcionó, los del San Román rechazaron jugar para él; eso volvió a enfurecerlo.

—¡Ya van a ver estos reconcha de su madre...

El delincuente junto a los chatarros, fueron en busca de Manolito y Toni, para obligarlos a volver a su equipo. Al sentir la negativa de éstos empezó a amenazarlos con golpearlos, pero el profesor Chichi le hizo frente y logró que el criminal se retirara.

El partido debía iniciarse.

El equipo del Sarita entró al campo. El árbitro llamó al equipo contrario y este dio su ingreso, pero tenía entre sus jugadores a dos mayores de edad, a los Chatarros. Toda la gente empezó a protestar, a pifiar por lo que estaba pasando.

El negro Diablo empezó a gritar.

—¡A la mierda las reglas no!¡A la mierda las reglas!

Que se creen? ¡Ala mierda las reglas!

Los muchachos del Sarita Colonia, se acercaron al profesor Chichi y lo convencieron de que dejara que se permita el partido. Los Chatarros eran unos pésimos jugadores.

El árbitro dio inicio al juego, todo el publico guardo silencio. El equipo del Corongo SB, era un desorden total. Los del Sarita Colonia, estaban siguiendo las ordenes del profesor Chichi, hacerles creer al rival de que no podían con el, que estaban temerosos, derrotados, y entre faltas, discuciones, griterio y pelotas reventadas por todos lados, termino el primer tiempo.

El negro Diablo estaba tranquilo, sonriente, burlandose de todo, aparentemente sus jugadores estaba controlando y dominando el partido, por ello, él tenía fe en que su equipo vencería, ya sentía el trofeo en sus manos.

El profesor Chichi no se acercó a sus muchachos, era parte del plan, demostrar sentirse vencidos, sin salida, esperando sólo el final.

Y así se reinició el juego.

Ahora el equipo del Sarita empezó a mostrar su nivel y los Chatarros su agresividad. El partido se hizo demasiado brusco, demasiado sucio y el árbitro tenía miedo de expulsar a alguien.

Uno de los Chatarros se escapa con la pelota, de un codazo golpea el rostro de Goyito y le lastima la nariz, tan sólo por intentar marcarlo, pero el Cuto se barre con todo y derriba al Chatarro, lo hace caer como a una tabla, el publico empezó a celebrar la bravura de niño. El árbitro expulsa al Cuto, más al sentir la presión de toda la gente que se le venía encima, decide también expulsar al Chatarro. El negro Diablo se enloquece, ingresa al campo de juego y de un solo puño, noquea al árbitro. El partido queda suspendido por unos minutos.

Cuando lograron conseguir un nuevo juez, se reanudó el partido. Ya faltando cinco minutos para acabar el juego, el profesor Chichi le dio la señal a Toni y éste recién empezó a hacer de las suyas. El negro Diablo estaba transformado, era puro gritos y maldiciones, queria ganar a como de lugar, y obligó al nuevo árbitro que permitiera el reingreso del Chatarro que había sido expulsado, por lo tanto el Cuto también volvió al campo. El juego más parecía una pelea, que un partido de fútbito, y ya estaba por terminar, Toni no podía hacer mucho, estaba demasiado lastimado de tantos golpes que había recibido, Goyito por ratos sangraba de la nariz, sólo se esperaba el final para irse a los penales, los Chatarros estaban cansados, no daban más.

Y sucedió el milagro del equipo bendito.

Toni miró al Cuto, se entendieron. El Cuto salió corriendo como una flecha, el balón llegó del arquero a los pies de Toni y éste desde su propia área, lanzó la bola hasta el arco rival, era pelota de arquero, el Cuto en velocidad pasa por entre los Chatarros y sólo roza el balón cambiándole el curso y así anota el gol del Sarita Colonia.

—¡Gol, gol, gol, gol!¡GoooL del Sarita Colonia!

El arbitro marcó el gol y dio el final al partido, y desapareció del campo antes de que lo maltraten.

Todo el público estaba celebrando. El equipo de la collera había triunfado.

—¡Sarita Colonia Campeón!¡Campeón de Corongo City!

El negro Diablo se transformó en una bestia, fue y arrebató el trofeo de premiación y comenzó a destrozarlo, luego corrió donde Toni y empezó a golpearlo. El profesor Chichi al ver esto, se abalanzó sobre él, para defender al menor, pero vinieron los Chatarros y lo atacaron por la espalda, lo acuchillaron cobardemente. El profesor quedó tirado en el suelo, desangrandose. En protexta al abuso, la gente de la barriada venía con palos y piedras para proteger al herido, pero el delincuente sacó un arma de fuego y empezó a hacer tiros al aire, y apuntadole a todo aquel que se acercara.

—¿¡Quien se quiere morir!?¿¡Quien se quiere morir!?
¿Quien es ese concha e su madre!!!

Todas las personas se alejaron. Los muchachos del Sarita trataban de cubrir al profesor. El delincuente se acercó con intenciones de ejecutarlo, y en ese momento, en un descuido de los Chatarros, apareció el Mataratas, quien sin decir una sola palabra, atravezó con su lanza al negro Diablo, lo traspasó de la espalda al pecho, en varias oportunidades, dandole muerte al instante.

—¡Maldita rata!¡Maldita rata!¡Una rata menos!
¡Una rata menos!¡Maldita rata!

61   <u>¡Angeles de la Miseria!</u>

Los relojes marcaron la hora, y empezó el gran operativo. En sólo minutos, más de un centenar de policias, divididos en grupos, cubrieron la barriada, hasta el ultimo punto de venta de drogas, habia que atacarlos al mismo tiempo, no podian cometerse errores. Cuando llegaron a la zona en donde se había estado realizando el festival, encontraron alli tendido en el suelo, el cadaver del negro diablo. Quien aparte de haber sido acuchillado, siendo ya un cadaver, habia sido apedreado por toda la ira de la gente de lugar, estaba irreconosible, enrojecido, como si en verdad fuese el mismo demonio.

—¡Dios mio, que fue lo que hizo esta gente, Dios!

Los muchachos de la collera y algunos vecinos trataban de auxiliar al profesor Chichi, debido a las graves heridas que había sufrido, el hombre se debatía entre la vida y la muerte. En verdad, casi no tenía posibilidades de sobrevivir.

—¡Hay que llevarlo a un hospital!
—Ya no hay nada que hacer, se ha desangrado...
—¡Que se mueran esos malditos!¡Asesinos,
   malditos asesinos!

El Capitan Carlos Riquelme, ordenó el inmediato traslado del profesor Chichi, hacia el hospital para tratar de salvarle la vida, aúnque ya había perdido demasiada sangre. Los niños del Sarita, quedaron rezando, pidiendo por él, mientras las lagrimas se derramaban en los rostros de aquellos inocentes, no podian aceptar perder a quienes los estaba salvando. El auto policial partió llevandose al moribundo hombre, dejando arrodillados en oracion a un grupo de indefensos ángeles de la miseria.

La gente del lugar en su bravura, habían enfrentado a los Chatarros, y los tenían amarrados a unos postes, los habían golpeado brutalmente, casi estaban por matarlos, si los policias no hubiesen llegado a tiempo, los habrian encontrado ya sin vida. Ajusticiados por la ley de la barriada.

—¡Que mueran esos malditos!¡Malditos asesinos, malditos!

Los Chatarros fueron desatados de los postes, habian sido apedreados por la barriada, ahora la policia los rescataba para enviarlos al sanatorio, y luego directamente a la carcel, donde quedarian acusados por trafico de drogas y el asesinato de varias personas. Los uniformados de la comisaria del lugar fueron detenidos por corrupción y trafico. Dentro del local, hallaron una gran cantidad de pasta basica de cocaina, que ese dia iba a ser distribuida a los delincuentes.

Cuando el Capitan Riquelme se acercó a los muchachos de la collera, recien éstos pudieron reconocerlo.

—¿Están bien muchachos?
—¿Eres policía, tú no eres panadero?
—Si soy policia, cúidense muchachos.

Al final el operativo fue un exito, en un sólo avance, habian capturado a varios grupos de delincuentes y traficantes del lugar, acabando asi con el ilícito negocio de la venta de droga, y en especial con la corrupción policial, los verdaderos responsables del que se haya generado tanto crimen.

El día siguiente, sería el inicio del nuevo comienzo para la barriada, por fin ya todo volvía a la tranquilidad. El profesor Chichi había quedado internado en el hospital, hasta que se recuperase, por suerte y a pesar de los profundos cortes que había recibido, no tenía ningun organo dañado.

Ese mismo día el capitán Riquelme, visitó a Angelita, ella lo estuvo esperando, como la bella durmiente a su príncipe, se abrasaron y sin palabras, llegó el beso, y el inicio de esta humilde y bella historia de amor. Los muchachos de la collera rodearon a la nueva pareja, y sonreían, ademas estaban felices, el San Román les había entregado un nuevo trofeo, reconociéndolos como verdaderos valientes campeones.

¡Rueguen por ella!

Había una gran cantidad de personas orando y esperando a la niña, se hablaba de muchos enfermos sanados. Cuando el Cura volvió con la documentación legal y el apoyo de las autoridades policiales, para reclamar a la menor, fue cuando volvieron los problemas. Angelita y la Puti se oponían a entregarla, y en minutos ya todo el barrio estaba protestando, empezaron a tratar de expulsar al religioso, para impedir aquel traslado.

—¡Váyase señor Cura, váyase a su iglesia!
—¡Si, si, váyase, deje a la niña tranquila!

Yasevira había empeorado, se veía muy mal. Esa mañana Angelita la estuvo atendiendo. El Capitan Riquelme había solicitado un doctor y una ambulancia, para trasladarla al hospital local, y en cualquier momento llegarían.

Afuera, el Cura Romero estuvo hablando con las personas, explicándoles que todo era por el bien de la menor.

Yasevira le dijo a la Puti que queria cambiarse de ropa, y le pidió su vestido de princesa, que ella le había prometido a Manolito usarlo, y que no podía defraudarlo. La niña parecia de un momento a otro haberse restablecido, el color volvió a su rostro, hasta empezo a sonreir. Se habia recuperado.

La calle empezo a llenarse de gente, decenas de creyentes llegados de todo sitio, buscando ser curados por la niña santa, Nunca la barriada habia tenido tantas personas que no fueran del lugar, siempre el miedo les empedia andar por esas calles, pero la fe en Yasevira, habia hecho que se olvidaran de sus temore ahora estaban rezando, tomados de las manos, las oraciones causaban un ambiente de acercamiento a Dios, gente arrodillada, con los brazos extendidos hacia el cielo, algunos sentian ser curados sólo por estar alli, otros desmayaban, era algo indescriptible.

—¡La niña no va a salir, está enferma, por favor, más bien recen por su salud, rueguen por ella para que se alivie.

Todos los presentes empezaron a pedir por ella, lloraban mientras oraban. Angelita permitió al cura que pudiera dar su ingreso al lugar, en donde estaba la menor. Yasevira le dijo al religioso que lo había estado esperando, que quería recibir el bautismo y le pidió que se lo concediera. El cura guardó silencio, no quería contradecirla, y obedeció el pedido, empezó a rezar, luego roció agua bendita sobre la frente de ella, asi la entregó a Dios, la niña se mostraba agradecida, en paz, se levantó y abrazo al religioso, luego le dijo a Angelita, que la dejase salir a la calle, que quería despedirse de todas las personas, y agradecerles por sus rezos.

Afuera la gente al saber que la menor vendría, se alegró, y empezaron a cantar a Dios, por el milagro. Al salir Yasevira, toda la gente al verla se empezó a arrodillar, ella les dijo que se levantaran, que tuvieran fe, y todo aquel que creyera de corazón en Dios, sería curado de todos sus males. Pidió que nadies se moviera de su lugar, y fue tocando uno a uno, hasta a el ultimo de los creyentes, luego se quitó los zapatos y caminó descalza entre la gente, se acercó a Angelita y la abrazó, algunas personas se desmayaban, otras llorando, agradecian a la niña.

En ese momento el cielo se nubló y empezó a caer una suave lluvia. Yasevira parecia iluminarse, toda la gente la escuchaba, derepente guardo silencio, empezó a mirar hacia el cielo y sonreia, levanto sus manos, como si recibiese a alguien, luego su cuerpo se desvaneció, cayó tendida en el suelo, había fallecido. Una pequeña luz se elevo hacia el infinito.

   # "Ese día fue de milagros"

Al pasar de algunos meses, la barriada se había recuperado de aquella pena, de haber perdido a su niña bendita. Las personas todavía seguían visitando el lugar, y se había construido una pequeña capilla en el mismo sitio donde fallecio la menor. Siempre tenía muchas flores, igual en su tumba en el cementerio, donde era venerada como a una santa. Algunas personas que estuvieron aquella tarde en la que la niña dejo de existir, juraban que vieron figuras muy luminosas, que bajaron de entre las nubes y rodearon a Yasevira, y luego se levantaron llevandosela. Sólo quedo su cuerpo, ella en alma y espiritu se elevo con los angeles.

Ese dia fue de milagros, decenas de enfermos fueron curados, y estos eran los que más creían. No se sabe si fue la imaginación, el querer ver, lo que se quiere ver, el sentir a Dios, representado en una inocente criatura. En verdad nadies podia explicar lo que en la barriada se había vivido, Yasevira nunca sera olvida, aunque la iglesia prefirió ocultar la historia de esta santa. En la vida de quienes convivieron con ella, siempre exitira su imagen, la niña de los rezos milagrosos, la hija de Dios.

64 <u>"Reynaldo"</u>

Los muchachos de la collera estaban en sus prácticas de futbol. El profesor Chichi aún convaleciente, había inagurado una academia de deportes para todos los niños de la barriada, y recibia la ayuda de las autoridades de la ciudad.

Esa tarde Reynaldo volvió a reunirse junto con sus amigos, estuvó separado de estos, desde que recibió aquella golpiza, hacia ya un tiempo. Se veía demasiado triste. Pero los muchachos de la collera le tenían una buena sorpresa, habian recuperado la capa y la corona del rey. Cuando Reynaldo vio que venían hacia él, llevandole aquello, empezo a saltar, a gritar de alegria, estaba feliz, abrazaba a todos y lloraba de contento, como si fuese un niño. Los vecinos al escuchar tanto alboroto se fueron acercando. La Puti, Angelita, el Joroba y hasta el Mataratas, estaban alli, presenciando la devolución de la corona al verdadero rey.

El barrio parecía estar celebrando el retorno a la normalidad. La gente salia de sus casas, para observar lo que ocurria y saber cual era el motivo de tanto alboroto, Reynaldo portando su corona y su fina capa, camino por toda la barriada, los niños iban tras de él, los muchachos de la collera le hacian reverencia, al más humilde de todos los reyes.

—¡Viva el rey Reynaldo!
—¡Viva!¡Viva!
—¡Viva el rey del barrio!
—¡Viva!¡Viva!
—¡Viva el Rey de los Misios!

FIN

El Autor-   Alejandro Roman Henriquez.

(ESCRITOR PERUANO)

OTROS TRABAJO DEL AUTOR

1)   **Historias de Nueva York**
La Ciudad de los Rascainfiernos NY 2016.

2)   **Mujer**
Poesias de mis cartas NY 2017.

3)   **Corazones de Miel**
Las Ñinas del Futbol NY 2018

4) Historias de Nueva York
9/11   NY 2020.